हिन्द पॉकेट बुक्स

सुख, सन्तुष्टि और सफलता के सरल नियम

सुप्रसिद्ध मोटिवेशन गुरु प्रमोद बत्रा व्यक्तित्व विकास एवं व्यवहार-प्रबंधन की पुस्तकों के एक सुपरिचित लेखक हैं। अमेरिका की प्रतिष्ठित यूनिवर्सिटी ऑफ मिनेसोटा से एम.बी.ए. करने के उपरांत वे तैंतीस वर्ष तक भारत के प्रमुख उद्योग समूह 'एस्कॉर्ट्स' से संबद्ध रहे और अनेक उच्च पदों पर आसीन रहे। हिंदी-अंग्रेजी में मानव-व्यवहार से संबंधित उनकी 60 से अधिक पुस्तकें प्रकाशित हो चुकी हैं, जिनकी 10 लाख से अधिक प्रतियाँ बिक चुकी हैं। देश-विदेश में व्यवहार-प्रबंधन पर 1 हजार से अधिक सेमिनारों का आयोजन भी कर चुके हैं।

विजय बत्रा भारत में एक प्रेरणादायक और प्रेरक वक्ता के रूप में विश्वसनीय नाम है। इनकी पुस्तकें सकारात्मक सोच विकसित करने में सहायक हैं। आपने प्रेरक साहित्य पर कई उत्कृष्ट पुस्तकों की रचना की है। भारत, जापान और अमेरिका सहित आप कई देशों में लोगों का मार्गदर्शन करते हैं।

सुख, सन्तुष्टि और सफलता के सरल नियम

प्रमोद बत्रा

विजय बत्रा

हिन्द पॉकेट बुक्स

पेंगुइन रैंडम हाउस इम्प्रिंट

हिन्द पॉकेट बुक्स

यूएसए। कनाडा। यूके। आयरलैंड। ऑस्ट्रेलिया। सिंगापुर
न्यू ज़ीलैंड। भारत। दक्षिण अफ्रीका। चीन

हिन्द पॉकेट बुक्स, पेंगुइन रैंडम हाउस ग्रुप ऑफ़ कम्पनीज़ का हिस्सा है,
जिसका पता global.penguinrandomhouse.com पर मिलेगा

पेंगुइन रैंडम हाउस इंडिया प्रा. लि.,
चौथी मंजिल, कैपिटल टावर -1, एम जी रोड,
गुड़गांव 122 002, हरियाणा, भारत

पेंगुइन
रैंडम हाउस
इंडिया

प्रथम संस्करण हिन्द पॉकेट बुक्स द्वारा 2002 में प्रकाशित
यह संस्करण हिन्द पॉकेट बुक्स में पेंगुइन रैंडम हाउस द्वारा 2022 में प्रकाशित

10 9 8 7 6 5 4 3 2

इस पुस्तक में व्यक्त विचार लेखक के अपने हैं, जिनका यथासंभव तथ्यात्मक
सत्यापन किया गया है, और इस संबंध में प्रकाशक एवं सहयोगी
प्रकाशक किसी भी रूप में उत्तरदायी नहीं हैं।

ISBN 9789353494506

मुद्रकः रेप्रो इंडिया लिमिटेड

www.penguin.co.in

FSC www.fsc.org
MIX
Paper from responsible sources
FSC® C047271

This is a legitimate digitally printed version of the book and therefore might not have certain extra finishing on the cover.

प्रमोद बत्रा और उनकी पुस्तकों के अभिनन्दन में

"मैं इस पुस्तक की अनुशंसा करता हूं।"

–खुशवन्त सिंह–

Khushwant Singh

••••••

"परिवार और खुशहाल ज़िन्दगी के लिए उत्तम विचारों का संग्रह है प्रमोद बत्रा की पुस्तकें।"

–इंडिया टुडे–

India Today

••••••

"मैनेजमेंट थोट्स उन स्थितियों के बारे में बताता है जिनमें आपका अपना कमजोर नज़रिया भी सफलता और असफलता के बीच अन्तर कर सकता है।"

–फ़ाइनेंशियल एक्सप्रेस–

Financial Express

••••••

"दिलचस्प पुस्तकें।"

–बिज़नेस टुडे–
Business Today

••••••

"मैनेजमेंट थोट्स प्रमोद बत्रा की गीता है, जो अपने मसख़रे रेखाचित्रों, जानी-पहचानी कहावतों और लोकोक्तियों, तथा अपनी नई साज-सज्जा और प्रेजेन्टेशन के कारण अद्वितीय बन गई है।"

–इकोनॉमिक टाइम्स–
Economic Times

••••••

"मैनेजमेंट थोट्स बिज़नेस मैनेजमेंट की कला की प्रैक्टिस से सम्बद्ध कहावतों, कथनों, सूक्तियों और... नागिटों का एक आनन्द देनेवाला मजेदार संग्रह है।"

–बिज़नेस वर्ल्ड–
Business World

••••••

"द बेस्टसेलर।"

–बिज़नेस टुडे–
Business Today

••••••

"प्रमोद बत्रा की पुस्तकों की यह शैली और रूप एक मैनेजर के व्यक्तित्व का ही हिस्सा हैं।"

–दिल्ली टाइम्स–

Delhi Times

••••••

"अपने सुझावों, नुस्ख़ो और अनुभवों को पाठकों के साथ बांटने, साझा करने के लिए प्रमोद बत्रा धन्यवाद के अधिकारी हैं।"

–दि हिन्दु–

The Hindu

••••••

"इनकी पुस्तकें, कैलेंडर, पोस्टर और कार्ड बहुत सरल लेकिन अर्थपूर्ण और महत्त्वपूर्ण सन्देशों के वाहक हैं।"

–दि टाइम्स ऑफ इंडिया, बैंगलोर–

The Times of India, Bangalore

"इनकी पुस्तकें, वास्तव में खरे विचारों के बीजों का एक उत्कृष्ट सार-संग्रह है।"

–बी एम ए रिव्यू–

B.M.A. Review

"आकर्षक पहनावा, रोबदार आवाज़, और एक सरल, विनम्र, विश्वासभरा व्यवहार। मंच पर खड़ा यह शख़्स अपने बुद्धि-चातुर्य और ज्ञान के द्वारा लोगों को आह्लादित किए हुए है। इसका फेनिल व्यक्तित्व और ओजस्विता संक्रामक है। सर्व-व्यापक नज़रिये से देखें, तो यह शख़्स एक उपयुक्त अस्तित्व (Being) और उत्तम व्यक्ति होने की समझ देता है। शान्त चेहरा, आदिम भोलापन और एक बच्चे सरीखी हंसी इसे एक योगी के समकक्ष खड़ा करती है।"

–दि टाइम्स ऑफ़ इंडिया–
The Times of India

••••••

"प्रमोद बत्रा प्रबन्धन के आज के दौर के गुरु के रूप में जाने जाते हैं।"

–दि हिन्दुस्तान टाइम्स–
The Hindustan Times

••••••

"पुस्तकों में मेरी पहली पसन्द।"

–पी चिदम्बरम–
P. Chidambaram

लेखक की क़लम से

प्रिय पाठक,

'फ़ुल सर्कल' प्रकाशन संस्थान के माध्यम से मेरा आपसे यह दूसरा परिचय है। 'फ़ुल सर्कल' से प्रकाशित मेरी पहली पुस्तक 'सफलता के अनमोल रत्न' को आपने जिस तरह हाथो-हाथ लिया और मेरा हौसला बढ़ाया, उसके लिए मैं आप सभी का दिल से शुक्रिया अदा करता हूं।

'सफलता के अनमोल रत्न' में मैंने व्यक्तिगत ज़िन्दगी और घर-परिवार, दोस्तों, सम्बन्धियों से जुड़े छोटे-छोटे पहलुओं को दिया है। हालांकि ये छोटे लगते हैं, होते नहीं हैं क्योंकि बड़ी-बड़ी सफलताओं के पीछे छोटी-छोटी बातें, छोटी-छोटी घटनाएं व प्रेरणाएं ही होती हैं।

'सफलता के अनमोल रत्न' की तरह इस पुस्तक में भी मैंने पांच ही अध्याय रखे हैं जो कैरियर, बिजनेस तथा अचिवमेंट ओरियंटिड हैं। यानी आपकी बाहरी दुनिया को मैंने इस पुस्तक में प्रस्तुत किया है। वो बाहरी दुनिया जिसमें आपकी योग्यताओं की आवश्यकता है, आपकी विशेषज्ञता की पूछ है। जो आपको रोज़ी-रोटी का साधन देती है, लेकिन जिसकी रेंज बहुत बड़ी है और जिसमें हर सुबह एक नई सुबह है। जिसमें कम्पिटिशन है, बॉस है, चुनौतियां हैं। और इन सबका सामना करने के लिए एक अकेले बस आप हैं, जैसे बाक़ी सब भी बस अकेले-अकेले हैं।

तो ऐसी ही बाहरी दुनिया को मैंने इस पुस्तक के पांच अध्यायों–कर्मचारियों का प्रबन्धन, ग्राहक यानी बॉस, कम्पिटिशन के इस दौर में, बेजोड़ सेल्स और सर्विस, आधुनिक युग का अस्त्र : मार्केटिंग–में समाहित किया है।

क्या ये विषय आपको कुछ भारी लग रहे हैं? एक बात बताऊं, शुरू में मुझे भी लगे थे, पर जैसे-जैसे मैं इस पर काम करता गया, मुझे नए-नए आइडिया आते गए और यह किताब निखरती चली गई। मेरे ये आइडिया कितने कारगर हैं, यह तो अब आप लोग बताएंगे। हां, तो इसके लिए मैंने एक उपाय किया, एक नहीं चार उपाय किए। पहला तो, मैंने पिछली पुस्तक की तरह इसमें भी पंचतन्त्र की नीति-कथाएं शामिल की हैं। दूसरा, मैंने इसमें महान विभूतियों की सूक्तियों को आकर्षक ढंग से पेश किया है। तीसरा,

भर्तृहरि के नीति-शतक से मैंने प्रति अध्याय दो प्रेरणात्मक श्लोकों को सरल और लम्बी व्याख्या के साथ इसमें लिया है।

और चौथा, उसके बारे में तो आप पहले से ही जानते हैं। यानी इन सबमें मैंने अनुभवों का अर्क भी निचोड़ा है।

क्योंकि मैं जानता हूं कि उपदेशों से ज़्यादा आदमी उदाहरणों से सीखता है। इति।

प्रमोद बत्रा

श्री एच. पी. नन्दा को समर्पित...

एक महान व्यक्तित्व
जिनका महान चीज़ों को
करने का ढंग भी महान था।

☆ भगवान् गणेश जी के प्रेरणा ☆

भगवान् गणेश जी का बड़ा सिर हमें बड़ी और फ़ायदेमंद बातें सोचने के लिए प्रेरित करता है, उनके बड़े कान हमें विचारों और सुझावों को धैर्यपूर्वक सुनने की सीख देते हैं। उनकी छोटी आंखें हाथ में लिए कार्यों को उचित ढंग से और जल्दी पूरा करने की ओर इशारा करती हैं, उनकी लम्बी नाक हमें अपने चारों ओर की घटनाओं की जानकारी और ज़्यादा सीखने के लिए प्रेरित करती है और उनका छोटा मुंह हमें कम बोलने और ज़्यादा सुनने की याद दिलाता है।

सरल नियमों का क्रम

कर्मचारियों का प्रबन्धन

☆

अपने कर्मचारियों का मनोबल बढ़ाने में कोताही न बरतें।

अपने कर्मचारियों और सहायकों का प्रबन्धन एक ऐसा गूढ़ विषय है जिसमें महारत हासिल करने के लिए बॉस में विशेष योग्यता की दरकार होती है। बॉस, जैसा कि इस शब्द की ध्वनि से ही झलकता है कि इस व्यक्ति में कुछ ख़ासियत यानी दक्षता होनी चाहिए, कुछ विशेष बात होनी चाहिए। ताकि वह अपने कर्मचारियों/सहायकों से उनकी क्षमताओं के अनुसार बढ़िया काम ले सके, उनकी ख़ूबियों को उजागर कर सके, उन्हें सन्तुष्ट रख सके, उन्हें प्रेरित कर सके और अपने बिज़नेस को सुचारु रूप से चला सके। यानी बॉस अपने भी बॉस को अपना उत्कृष्ट प्रदान कर सके।

कर्मचारियों का प्रबन्धन एक मूलमन्त्र भी है, अपने व्यवसाय को चलाने के लिए, उसे फलता-फूलता देखने के लिए। उसी तरह एक बॉस के लिए भी अपने सहायकों का प्रबन्धन अपने पद को गरिमा प्रदान करने के लिए बुनियादी ज़रूरत है। इसमें कोई दो राय नहीं है कि यदि एक उद्यमी में या एक बॉस में जन-प्रबन्धन का गुण है

तो यह बात कोई मायने नहीं रखती कि कर्मचारियों की संख्या 10 है, 1000 है या फिर 10,000।

जहां तक एक बॉस के व्यक्तित्व की बात है तो उसमें ईमानदारी, स्वाभिमान, दृढ़ता, नैतिकता, धैर्य, विश्वास, हौसला, सकारात्मक नज़रिया, अनुशासन आदि ख़ूबियों का एक कॉकटेल मेल होना चाहिए। हालांकि ये सब ख़ूबियां व्यक्तिगत स्तर की बातें हैं, लेकिन ये ही उस सीढ़ी की पौढ़ियां हैं जो एक बॉस को या किसी भी व्यक्ति को एक वास्तविक क़ामयाबी की मंज़िल तक पहुंचाती हैं, उसे शिखर पर ले जाती हैं। यही वे गुण हैं जिनके साथ कुछ बुनियादी सिद्धान्तों का मेल व्यक्ति की शख़्सियत को अद्वितीय बना देता है।

यह बात तो जगजाहिर है कि सिद्धान्तों पर चलनेवाला व्यक्ति अपने उद्देश्यों को हासिल करता है, अपने सपनों को साकार करता है और दूसरे लोगों के लिए प्रेरक बनता है।

बॉस कैसे होते हैं या कैसे होने चाहिए आदि प्रश्नों के उदाहरण नीचे दी गई दो कहानियों से एकबारगी ही मिल जाते हैं :

ए.टी. स्टीवर्ट नामक एक व्यापारी का आदेश था कि चाहे कुछ भी नतीजा निकले, उनकी दुकान पर सच ही बोला जाएगा। किसी भी कर्मचारी को ग़लत बात बताने की अथवा कमी को छिपाने की आज्ञा न थी।

उनके मैनेजर को एक सेल्समैन बता रहा था कि माल बढ़िया नहीं है और न ही उसका डिज़ाइन अच्छा है। संयोग से तभी एक व्यापारी माल लेने आया। उसने पूछा : क्या तुम्हारे पास नई और फ़र्स्टक्लासआइटम है?

युवक सेल्समैन ने तुरन्त जवाब दिया : क्यों नहीं महाशय! हमारे पास अभी-अभी ऐसा माल आया है, जिसका डिज़ाइन आपको बहुत पसन्द आएगा।

कुछ मिनट पहले वह जिस माल की कमियां गिना रहा था, उसी माल के बारे में वह तारीफ़ों के पुल बांधने लगा। फलस्वरूप बहुत-सा माल ख़रीदने का उस व्यापारी ने ऑर्डर दे दिया।

स्टीवर्ट अपने सेल्समैन की बात बड़ी गम्भीरता से सुन रहे थे, वे बीच में बोल उठे : दोस्त, मेरा यह सेल्समैन झूठ बोल रहा है। आप माल को ज़रा ध्यान से देखिए। यह माल अच्छा नहीं है।

इतना कहकर उन्होंने अपने सेल्समैन की ओर देखते हुए कहा : आप कैशियर के पास जाकर अपना हिसाब ले लें। आपकी जैसी योग्यतावाले व्यक्ति की सेवाओं की यहां कोई आवश्यकता नहीं है।

दूसरी कहानी :

बरसों पुरानी बात है कि इटली का एक व्यापारिक जहाज़ सेंटपियरे नामक बन्दरगाह पर लंगर डाले खड़ा था कि अचानक उस जहाज़ के कप्तान को दूर से ही ज्वालामुखी के मुख से लावा निकलता हुआ दिखाई दिया। उसने एक क्षण गंवाए बिना कूच का आदेश दे दिया। सब लोग उसके इस फ़ैसले का विरोध करते रहे, मगर उसने किसी की नहीं मानी और जहाज़ रवाना करवा दिया। जहाज़ रवाना होने के ठीक चौबीस घंटे बाद सेंटपियरे में ऐतिहासिक भूकम्प आया। पूरी बन्दरगाह नष्ट हो गई। लेकिन तब तक वह जहाज़ बहुत दूर निकल चुका था। जहाज़ का कप्तान अगर अपने निश्चय पर

अटल रहकर वहां से टल न गया होता, तो सोचिए क्या होता!

ऐसे सकारात्मक नज़रिये, दृढ़ता के धनी लोग ही सफलता के रास्ते के मील के पत्थर बनते हैं। यह बात दूसरी है कि उन्हें अपने आपको साधना पड़ता है, विशेष तैयारी करनी पड़ती है यानी होमवर्क करना पड़ता है, सेहत को दुरुस्त रखना पड़ता है, जानकारियों आदि में अपटुडेट रहना पड़ता है यानी शारीरिक और मानसिक रूप से एक भरा-पूरा व्यक्तित्व रखना पड़ता है।

चूंकि बॉस की छवि एक सुपरमैन की बनती है इसलिए इसका अर्थ बिलकुल भी यह नहीं लिया जाना चाहिए कि वह ग़लतियां नहीं करता या उससे ग़लतियां नहीं होतीं। इस बारे में एक कहावत बहुत प्रचलित है कि 'चेयरमैन की पेंसिल में भी रबर होती है'। यानी चेयरमैन भी ग़लतियां करता है।

वैसे हम सब ग़लतियां करते हैं। यह एक इनसानी फ़ितरत है। कहते भी हैं : इनसान है तो ग़लतियां भी करेंगे, नहीं तो भगवान न हो जाते। एक आदमी यदि अपनी ग़लतियां सुधारने में सफल हो जाता है तो वह उसकी महान सफलता होती है। और बॉस लोग भी ऐसा ही करते हैं।

एक संस्था ऐसे साधारण लोगों का संगठन है जो कि असाधारण काम करते हैं।

☆ बहुत सारे लोग सुअवसरों की बजाय सुरक्षा के बारे में सोच रहे हैं। ऐसे लोग मौत से ज़्यादा ज़िन्दगी के डरे हुए दिखते हैं।

☆ जब हम सब एक जैसा सोचते हैं, तब दरअसल हममें से कोई भी नहीं सोच रहा होता।

☆ ऐसे किसी भी व्यक्ति को काम न दें, जो सिर्फ़ पैसे के लिए काम करे।

☆ जब अन्धा आदमी लंगड़े आदमी को कन्धों पर उठाकर चलता है, तो वे दोनों आगे ही बढ़ते हैं।

☆ जब आपके पास ढाई लोगों का काम हो, तो एक दूसरे आदमी को अपने साथ लीजिए।

☆ मदद करनेवाले लोग हमेशा ही यानी आख़िर तक मदद करते हैं।

☆ जब हम अपने आपको शिक्षित करते हैं, तब हम अपने उद्देश्यों को पूरा करने की योग्यता और क्षमता हासिल कर रहे होते हैं।

☆ अगर आप घटिया कामों की अनदेखी करेंगे, तो वह भी स्वीकार्य हो जाएगा।

विपत्ति के समय जो काम आ जाए, वही साथी है...

एक अमरीकी जब अफगानिस्तान में सफ़र कर रहा था, तब उसकी काडिलैक का इंजन एकाएक बन्द हो गया। उसने सबकुछ किया, लेकिन वो फिर भी चालू नहीं हुआ। आख़िर में, पहाड़ियों में से गधे पर सवार एक मैकैनिक आया। उसने बोनेट खोला और सिलेंडर हैड पर छः बार वार किया। उसने अमरीकी को गाड़ी स्टार्ट करने को कहा और वह हो भी गई। अमरीकी ने पूछा, "कितने पैसे हुए?" मैकैनिक ने कहा, "सौ डॉलर?" अमरीकी ने हैरानी से हांफते हुए कहा कि वह चीज़ों के अनुसार बिल बताए। मैकैनिक ने कहा, "एक डॉलर तो छः बार मारने के और निन्यानवे डॉलर इस जानकारी के लिए कि कहां मारना है।"

कुशल लोगों का सम्मान कीजिए।

☆ ऐसा कुत्ता मत पालिए, जो आप पर ही भौंके।

☆ प्रशंसा सबके सामने करें, लेकिन फटकार अकेले में लगाएं।

☆ याद रखिए कि हर व्यक्ति का अपना अलग महत्त्व होता है।

☆ एक मैनेजर परिणाम पाने के लिए अपने लोगों के सामने परिस्थितियां पैदा करता है।

☆ एक मैनेजर कर्मचारियों के प्रति अपने व्यवहार से अपना बड़प्पन दिखाता है।

☆ मैं किसी की भी बुराई नहीं करूंगा और जिसकी जो भी अच्छाइयां जानता हूं, उनके बारे में बात करूंगा।

☆ जो आदमी दूसरों पर विश्वास करता है, वह उस आदमी से कम ग़लतियां करता है, जो दूसरों पर अविश्वास करता है।

☆ आपके कहने से नहीं, कहने के कही ढंग से परिणाम निकलते हैं।

> मस्तिष्क के लिए अध्ययन की उतनी डी आवश्यकता है, जितनी शरीर को व्यायाम की।
>
> **–जोज़ेफ एडीसन**

☆ जो लोग सिर्फ़ वे ही काम करते हैं जो कि उन्हें बताए जाएं, उन्हें शायद ही कुछ करने को दिया जाए।

☆ जब आप किसी के अच्छे विचार को मारते हैं, तब आप थोड़ा-सा उस व्यक्ति को भी मार देते हैं।

☆ मुझे यह मत बताइए कि आप कितनी मेहनत करते हैं, मुझे यह बताइए कि आप कितना कर चुके हैं।

हर जगह अच्छे लोग हैं। मैं सिर्फ़ इतनी दुआ करता हूं कि उनकी आवाज़ बुलन्द हो।

☆ अगर आप एक डेयरी के मालिक होते, तो क्या आप गायों से दुगुने दूध दुहनेवाले रखते।

☆ कभी अपने दोस्तों को मेहनताने पर मत रखें। न ही अपने ग्राहकों के बच्चों को, अपने बच्चों को भी नहीं।

☆ जब भी आपको कोई पदक मिले, उसे अपने सहयोगियों के साथ शेयर करें। आपको और भी मिलेंगे।

☆ एक बार भलाई करेंगे, तो उसे आपकी कृपा के रूप में देखा जाएगा; दुबारा करेंगे तो यह आपका कर्तव्य बन जाएगा।

☆ लोगों से बहुत अधिक नफ़रत करना वैसा ही है, जैसे कि एक चूहे से बचने के लिए अपना ही घर जलाना।

☆ जबान की बजाय आपका जीवन (सकारात्मक और नैतिक) एक बेहतर उपदेश दे सकता है।

जितना गुड़ डालोगे तना मीठा होगा

अच्छा पैसा दीजिए, एक सामान्य कर्मचारी भी महंगा होता है। सबसे अच्छा एक्ज़ीक्यूटिव वह है जिसे अच्छे लोगों को छांट लेने की, और जो चाहता है, उनसे वह काम करवा लेने की अच्छी समझ है। और जब बे काम कर रहे हों, तब अपनी टांग न अड़ाने का पर्याप्त आत्मसंयम हो। उसकी सफलता का रहस्य है असाधारण सक्षम लोगों को आकर्षित करने की उसकी क्षमता। और उन्हें इतना मान-सम्मान देना कि वे उसने छोड़कर कभी न जाएं।

☆ अच्छे तरीक़े ढूंढ निकालने के लिए बैठकें और सम्मेलन करें।

☆ एक साथ आना शुरुआत है, एक-दूसरे की देखभाल करना प्रगति है, एक साथ काम करना सफलता है।

☆ सड़े हुए सेबों में छांट पाने के अवसर न के बराबर होते हैं।

☆ तब तक दूसरे आदमी की योजनाओं को ग़लत मत ठहराइए, जब तक कि आपके पास पेश करने के लिए उससे अच्छी योजना न हो।

☆ कमेटी एक ऐसी चीज़ है जो उस काम के लिए एक हफ़्ता लेती है, जिसे एक सही और अच्छा आदमी एक घंटे में कर सकता है।

☆ एक आदमी को अपने सीनियर्स के साथ वैसे ही रहना चाहिए जैसे कि आग के साथ–इतना नज़दीक भी नहीं कि जल जाओ, इतना दूर भी नहीं कि जम ही जाओ।

☆ एक 'सलाह पेटी' छह कर्मचारियोंवाले व्यवसाय में भी उतनी ही उपयोगी है, जितनी कि 1000 कर्मचारियोंवाली कम्पनी में।

☆ याद रखिए कि एक व्यक्ति का नाम उसके लिए सबसे मीठा और किसी भी भाषा में सबसे महत्त्वपूर्ण शब्द है।

मिलकर काम करने से न सिर्फ़ हम सबका बढ़िया काम हासिल होगा, बल्कि हममें से हर एक का सर्वश्रेष्ठ भी प्रदर्शित होगा। जैसा कि पंचतन्त्र की यह कहानी भी बताती है :

मित्रता में बड़ी शक्ति है

मन्थरक कछुआ, लघुपतनक कौवा और हिरण्यक चूहा बैठे-बैठे बातें कर रहे थे कि वहां चित्रांग नाम का हिरण कहीं से दौड़ता-हांफता आ गया। एक व्याध उसका पीछा कर रहा था। उसे आता देखकर कौवा उड़कर वृक्ष की शाखा पर बैठ गया। हिरण्यक पास के बिल में घुस गया और मन्थरक तालाब के पानी में जा छिपा।

कौवे ने हिरण को अच्छी तरह देखने के बाद मन्थरक से कहा–मित्र मन्थरक! यह तो हिरण के आने की आवाज़ है। एक प्यासा हिरण पानी पीने के लिए तालाब पर आया है। उसी का यह शब्द है, मनुष्य का नहीं।

मन्थरक–यह हिरण बार-बार पीछे मुड़कर देख रहा है और डरा हुआ-सा है। इसलिए यह प्यासा नहीं, बल्कि व्याध के डर से भागा हुआ है। देख तो सही, इसके पीछे व्याध आ रहा है या नहीं!

दोनों की बातें सुनकर चित्रांग हिरण बोला–मन्थरक! मेरे भय का कारण तुम जान गए हो। मैं व्याध के बाणों से डरकर बड़ी कठिनाई से यहां पहुंच पाया हूं। तुम मेरी रक्षा करो। अब तुम्हारी शरण में हूं। मुझे कोई ऐसी जगह बतलाओ जहां व्याध न पहुंच सके।

मन्थरक ने हिरण को घने जंगलों में भाग जाने की सलाह दी, किन्तु लघुपतनक ने ऊपर से देखकर बतलाया कि व्याध दूसरी दिशा में चले गए हैं, इसलिए अब डर की कोई बात नहीं है। इसके बाद चारों मित्र तालाब के किनारे वृक्षों की छाया में मिलकर देर तक बातें करते रहे।

कुछ समय बाद एक दिन जब कछुआ, कौआ और चूहा बातें कर रहे थे, शाम हो गई, बहुत देर बाद भी हिरण नहीं आया। तीनों को सन्देह होने लगा कि वह व्याध के जाल में न फंस गया हो, अथवा शेर, बाघ आदि ने उस पर हमला न कर दिया हो। घर में बैठे स्वजन अपने प्रवासी प्रियजनों के सम्बन्ध में सदा शंकित रहते हैं।

बहुत देर तक भी चित्रांग हिरण नहीं आया तो मन्थरक कछुए ने लघुपतनक कौवे को जंगल में जाकर हिरण को खोजने की सलाह दी। लघुपतनक ने कुछ ही दूर जाकर देखा कि वहां चित्रांग जाल में बंधा हुआ है।

लघुपतनक उसके पास गया। उसे देखकर चित्रांग की आंखों में आंसू आ गए, वह बोला–अब मेरी मृत्यु निश्चित है। अन्तिम समय में तुम्हारे दर्शन करके मुझे बड़ी प्रसन्नता हुई। प्राण-विसर्जन के समय मित्र-दर्शन बड़ा सुखद होता है। मेरे अपराध क्षमा करना।

लघुपतनक ने धीरज बंधाते हुए कहा–घबराओ मत। मैं अभी हिरण्यक चूहे को बुला लाता हूं। वह तुम्हारा जाल काट देगा।

यह कहकर वह हिरण्यक के पास चला गया और शीघ्र ही उसे पीठ पर बैठाकर ले आया। हिरण्यक अभी जाल काटने की विधि सोच ही रहा था कि लघुपतनक ने वृक्ष के ऊपर से दूर किसी को देखकर कहा–यह तो बहुत बुरा हुआ!

हिरण्यक ने पूछा–क्या कोई व्याध आ रहा है?

लघुपतनक–नहीं, व्याध तो नहीं, किन्तु मन्थरक कछुआ इधर चला आ रहा है।

हिरण्यक–तब तो ख़ुशी की बात है, दुखी क्यों होता है?

लघुपतनक–दुखी इसलिए होता हूं कि व्याध के आने पर मैं ऊपर उड़ जाऊंगा, हिरण्यक बिल में घुस जाएगा, चित्रांग भी छलांगें मारकर घने जंगल में घुस जाएगा, लेकिन यह मन्थरक कैसे अपनी जान बचाएगा? यही सोचकर चिन्तित हो रहा हूं।

मन्थरक के वहां आने पर हिरण्यक ने मन्थरक से कहा–मित्र! तुमने यहां आकर अच्छा नहीं किया। अब भी वापस लौट जाओ, कहीं व्याध न आ जाए।

मन्थरक ने कहा–मित्र! मैं अपने मित्र को आपत्ति में जानकर वहां नहीं रह सका। सोचा, उसकी आपत्ति में हाथ बंटाऊंगा, तभी चला आया।

ये बातें हो ही रही थीं कि उन्होंने व्याध को उसी ओर आते देखा। उसे देखकर चूहे ने उसी क्षण चित्रांग के बन्धन काट दिए। चित्रांग भी उठकर घूम-घूमकर पीछे देखता हुआ आगे भाग खड़ा हुआ। लघुपतनक वृक्ष पर उड़ गया। हिरण्यक पास के बिल में घुस गया।

व्याध अपने जाल में किसी को न पाकर बड़ा दुखी हुआ। वहां से वापस जाने को मुड़ा ही था कि उसकी दृष्टि धीरे-धीरे जानेवाले मन्थरक पर पड़ गई। उसने सोचा, आज हिरण तो हाथ आया नहीं, कछुए को ही ले चलता हूं। कछुए को ही आज भोजन बनाऊंगा। उससे ही पेट भरूंगा। यह सोच वह कछुए को कन्धे पर डालकर चल दिया। उसे ले जाते देख हिरण्यक और लघुपतनक को बड़ा दुख हुआ।

दोनों मित्र मन्थरक को बड़े प्रेम और आदर से देखते थे। चित्रांग ने भी मन्थरक को व्याध के कन्धों पर देखा

तो व्याकुल हो गया। तीनों मित्र मन्थरक की मुक्ति का उपाय सोचने लगे।

कौए ने तब एक उपाय ढूंढ़ निकाला। वह यह कि चित्रांग व्याध के मार्ग में, तालाब के किनारे जाकर लेट जाए। मैं तब उसे चोंच मारने लगूंगा। व्याध समझेगा कि हिरण मरा हुआ है। वह मन्थरक को जमीन पर रखकर इसे लेने के लिए जब आएगा तो हिरण्यक जल्दी-जल्दी मन्थरक के बन्धन काट दे। मन्थरक तालाब में घुस जाए, और चित्रांग छलांगे मारकर घने जंगल में चला जाए। मैं उड़कर वृक्ष पर चला ही जाऊंगा। सभी बच जाएंगे, मन्थरक भी छूट जाएगा।

तीनों मित्रों ने यही उपाय निकाला। चित्रांग तालाब के किनारे मृतवत् जा लेटा। कौवा उसकी गर्दन पर सवार होकर चोंच चलाने लगा। व्याध ने देखा तो समझा कि हिरण जाल से छूटकर दौड़ता-दौड़ता यहां मर गया है। उसे लेने के लिए वह जालबद्ध कछुए को ज़मीन पर छोड़कर आगे बढ़ा, तो हिरण्यक ने अपने वज्र समान तीखे दांतों से जाल के बन्धन काट दिए। मन्थरक पानी में घुस गया। चित्रांग भी दौड़ गया।

व्याध ने चित्रांग को हाथ से निकलकर जाते देखा तो आश्चर्य में डूब गया। वापस जाकर जब उसने देखा कि कछुआ जाल से निकलकर भाग गया है, तब उसके दुख की सीमा न रही। वहीं एक शिला पर बैठकर वह विलाप करने लगा।

दूसरी ओर चारों मित्र—लघुपतनक, मन्थरक, हिरण्यक और चित्रांग प्रसन्नता से फूले नहीं समाते थे। मित्रता के बल पर ही चारों ने व्याध से मुक्ति पाई थी।

मित्रता में बड़ी शक्ति है। मित्र संग्रह करना जीव की सफलता में बड़ा सहायक है। विवेकी व्यक्ति को सदा मित्र-प्राप्ति में प्रयत्नशील रहना चाहिए।

★ एक आम सेक्रेटरी और एक प्रोफ़ेशनल सेक्रेटरी में फ़र्क़ इससे पता चलता है कि जो चीजें कल हो जानी चाहिए थीं, उनको लेकर प्रोफ़ेशनल सेक्रेटरी आज भी अपना सन्तुलन बनाए रखता है।

★ अगर हम बातचीत के लिए तैयार हो जाएं तो हमें समझौते के लिए भी तैयार रहना चाहिए।

जब बहस करना बेकार लग रहा हो, तब चुप हो, सन्तुष्ट हो जाना ही सबसे बेहतर है।

–आदिग्रन्थ

★ आपका दिमाग़ एक ऐसा कैमरा है जिसमें याददाश्त की रील हो : यह ऐसी तस्वीरें ले सकता है जो कि आप आगे के लिए दर्ज़ (फ़ाइल) कर सकें।

★ जर्मन आर्मी कोई घटना घटने के एकदम बाद सैनिक को कोई भी शिकायत या आलोचना दर्ज़ नहीं करने देती।

आलस्य जीवित व्यक्ति की मृत्यु है।

–जेरिमी टेलर

☆ अब तक के इतिहास में लोगों के दो वर्ग हैं–पहला जिन्होंने धन-दौलत कमाई, दूसरा जिन्होंने उसे ख़र्च किया।

☆ ज़िम्मेदारी स्वीकार करनेवाले लोग अधिकतर अपना जीवन संवार रहे होते हैं।

☆ अगर आप लोगों की ज़िन्दगियों को देखेंगे या कहें रिसर्च करेंगे तो आप पाएंगे कि ख़ुद किसी मुक़ाम पर पहुंचे लोगों के पास करने के लिए ढेरों काम होते हें।

☆ हममें से हर एक अगर उन लोगों को मेहनताने पर रखता है जो कि हमसे छोटे हों, तो हम बौनों की कम्पनी बना सकते हैं; लेकिन हममें से हर एक उन लोगों को मेहनताने पर रखता है जो हमसे बड़े हैं, तो हम दैत्यों की एक कम्पनी बना सकते हें। सोचिए, सही क्या है!

☆ अपने पेशे में या अपने घर में आप ऑर्केस्ट्रा के एक सदस्य हैं। ये आप पर निर्भर करता है कि आप संगीत रचते हैं या शोर।

☆ आपके कर्मचारी जो भी कहते हैं, उसे ध्यान से सुनिए। कई बार उनके विचार सुलगते अंगारे होते हैं। आप उन्हें आग में भी बदल सकते हैं, या फिर निर्णय रूपी ठंडे पानी के छींटों से बुझाकर राख में भी।

☆ नम्रता से भलमनसाहत जन्म लेती है और भलमनसाहत से विश्वास। और इसी विश्वास से सहयोग की भावना और विवेक जन्म लेते हैं।

☆ हर कोई सपने देखता है। लेकिन यह आपके लिए ठीक नहीं है कि आप सपनों के भंवर में फंस जाएं।

☆ आठ में से पांच काम करके तो कोई भी जी सकता है, लेकिन सफलता तो पांच की बजाय आठ काम करके ही पाई जा सकती है।

☆ ग्राहक बनाए रखने के लिए ज़रूरी है कि कर्मचारियों पर निवेश किया जाए।

☆ व्यक्तिगत रूप में मुझे स्ट्रॉबेरी और क्रीम बहुत पसन्द है, पर मैं जानता हूं कि किसी अजीब कारण के चलते मछलियां केंचुओं को पसन्द करती हैं। इसलिए मैं जब भी मछली पकड़ने जाता हूं, तो यह नहीं सोचता कि मुझे क्या चाहिए, मैं सोचता हूं कि उन्हें क्या चाहिए।

तुरन्त एक धन्यवाद कहना, एक हफ़्ते बाद भेजे गए दो पन्नों के आभार-पत्र से अधिक प्रभावी होता है।

☆ आपका दिमाग़ एक एकड़ ज़मीन है। उसका ध्यान रखें। कड़ी मेहनत खेत जोतने के समान है। अच्छी पढ़ाई खाद का काम करती है, और अनुशासन कीटनाशक के समान है।

☆ अपने कर्मचारियों के लिए हर रोज़ कोई अच्छा काम करके खुद को हीरो महसूस कीजिए।

☆ इस बात पर गुस्सा मत होइए कि आप दूसरों को वैसा नहीं बना सकते जैसा आप चाहते हैं, जबकि आप अपने आपको भी वैसा नहीं बना सकते जैसा कि आप बनना चाहते हैं।

☆ कुछ लोग समझते हैं कि वे दयालु हैं, क्योंकि मुफ़्त सलाह देते हैं। अब क्या कहें!

☆ आपका दिमाग़ आपकी सर्वश्रेष्ठ सम्पत्ति है। और आपके कर्मचारियों के दिमाग़ वे सम्पत्तियां हैं जो आपकी बैलेंसशीट में नज़र नहीं आते।

☆ इससे पहले कि आप अपने कर्मचारी पर उंगली उठाएं, अपने लिए नापनी (डिपस्टिक) का इस्तेमाल करें ताकि आप जान सकें कि आप अपने ग्राहकों के प्रति कितने वफ़ादार हैं।

☆ हर कोई सफल होना चाहता है। उन्हें एक उचित मौक़ा दीजिए।

☆ हर कर्मचारी के लिए अधिक सीखने और अधिक कमाने की गुंजाइश रहती है।

☆ कर्मचारियों को ध्यान से सुनकर हम बहुत-कुछ सीखते हैं, क्योंकि, आख़िरकार, बुद्धिमत्ता प्रबन्धन का विशेष अधिकार नहीं है।

☆ देखा जाए, तो कह सकते हें कि लोग समय बर्बाद नहीं करते, बल्कि वे इसे ऐसी चीज़ों को करने पर ख़र्च करते हैं, जिनकी ज़रूरत ही नहीं होती।

☆ अक्लमन्द आदमी दूसरों की ग़लतियों से सीख लेते हैं और बेवकूफ़ अपनी गलतियों से भी नहीं।

☆ रिलैक्स! रिलैक्स! रिलैक्स! काम करते हुए भी रिलैक्स होना सीखिए।

☆ हर मुद्दे के दो पहलू होते हैं, इसलिए यह निश्चित कीजिए कि आप अपने दोनों कान खुले रखेंगे ओर ध्यान से सुनेंगे।

☆ लोग ऐसे पत्रों से तंग आ चुके हैं, जिनको देखकर लगता है कि मानो वे किसी ऐसे कम्प्यूटर से लिखे गए हों, जो कि उनका नाम जानता है।

ऐसा प्रशिक्षण जिससे कोई बदलाव नहीं आता, वह उतना ही प्रभावी है जितना कि एक पैराशूट, जो ज़मीन पर आ गिरने के बाद ही खुले।

☆ लोगों के साथ शिष्ट व्यवहार करने में बहुत थोड़ा प्रयत्न करना पड़ता है।

☆ सबको ख़ुश रखने की कोशिश में आप घनचक्कर बन जाएंगे।

☆ अच्छे नेतृत्व की शुरुआत लोगों के साथ अच्छी बातचीत से होती है।

☆ एक बॉस को एक अच्छा शॉक ऑब्जर्वर भी होना चाहिए।

☆ जैसे-जैसे मेरी उम्र बढ़ रही है, मैं इस ओर बहुत कम ध्यान देता हूं कि लोग क्या कहते हैं। और सिर्फ़ देखता हूं कि वे क्या कर रहे हैं।

एक आदमी चाहे कितना ही काम करे, चाहे उसका व्यक्तित्व कितना ही आकर्षक क्यों न हो, अगर वह दूसरों के साथ मिल-जुलकर काम नहीं करता, तो वह अपने व्यवसाय में आगे बढ़ ही नहीं सकता।

☆ मेज पर अपने प्रबन्धकों के साथ मीटिंग करने से पहले अपने दिमाग़ के साथ ज़रूर मीटिंग करें।

☆ जितनी अच्छी मरम्मत होगी, प्रदर्शन उतना ही बेहतर होगा।

☆ एक आदमी अपनी ज़िन्दगी आपको नहीं बेच देगा, लेकिन वो आपको एक रंगीन रिबन के लिए इसे ज़रूर दे देगा (नए जीवन की शुरुआत के लिए) आप उसे इसकी अनुमति दीजिए।

☆ सम्भव है कि प्रशासक को सही रास्ता पकड़ने के लिए कुछ देर ग़लत रास्ते पर चलना पड़े।

☆ हार गए! जीवन और मृत्यु के दुर्लभ मामलों के अलावा बाक़ी सब उतना महत्त्वपूर्ण नहीं है, जितना पहले था।

☆ बाहर निकली हुई कील को ठोक देना चाहिए।

☆ चीख़ने-चिल्लाने के काफ़ी समय बाद मीठी आवाज़ सुनाई देती है। सज्जनता ग़ुस्से से अधिक प्रभावशाली है।

☆ एक मैनेजर होने के नाते आपको कष्टदायक/असुविधाजनक बने रहने के लिए तनख़्वाह दी जाती है। अगर आप सुखी हैं तो यह इस बात का सूचक है कि आप ग़लत काम कर रहे हैं।

☆ जब एक प्रशिक्षित आदमी शोर करता है तो वह भी संगीत बन जाता है। प्रशिक्षण बहुत-बहुत ज़रूरी है।

चलता सिक्का : ख़ुशामद! क्या आप इसे बढ़ावा देते हैं?

☆ आप एक घोड़े को चीख़-चिल्लाकर प्रशिक्षित नहीं कर सकते और न ही उम्मीद कर सकते हैं कि वह हमारी फुसफुसाहट माने।

☆ आप एक पुराने कुत्ते को नए करतब नहीं सिखा सकते : यह सच है, पर आप और मैं कुत्ते नहीं हैं।

☆ एक सूअर को कभी गाना मत सिखाइए। यह आपका समय तो बर्बाद करेगा ही सूअर को भी खिझाएगा।

☆ पता कीजिए कि यह अज्ञानता है या उदासीनता! अज्ञानता को शिक्षा और प्रशिक्षण से दूर किया जा सकता है। उदासीनता दूर करने के लिए सृजनशीलता की ज़रूरत पड़ेगी।

☆ अपने सहायकों से ऊपर से नीचे की ओर उतनी ही सावधानी और ध्यान से बात कीजिए, जितनी कि आप नीचे से ऊपर की ओर अपने वरिष्ठ उच्चाधिकारी से करते हैं।

सर्वश्रेष्ठ लीडर नेतृत्व करते हुए काम करके दिखाते हैं। यह उदाहरण भी यही बताता है :

अपने निश्चय पर अटल रहें

बरसों पुरानी बात है कि इटली का एक व्यापारिक जहाज़ सेंटपियरे नामक बन्दरगाह पर लंगर डाले खड़ा था कि अचानक उस जहाज़ के कप्तान को दूर से ही ज्वालामुखी के मुख से लावा निकलता हुआ दिखाई दिया। उसने झट निश्चय कर लिया कि इस बन्दरगाह से माल का लदान किए बिना ही लंगर खोल चल देना चाहिए। उसने अपने निश्चय के अनुरूप तत्काल कूच का आदेश दे दिया। सब लोग उसके इस फ़ैसले का विरोध करते रहे, मगर उसने किसी की न मानी और अपना जहाज़ रवाना कर दिया–और उसके रवाना होने के ठीक चौबीस घंटे बाद सेंटपियरे में ऐतिहासिक भूकम्प आ गया। पूरी बन्दरगाह नष्ट हो गई। लेकिन तब तक वह जहाज़ बहुत दूर निकल चुका था। जहाज़ का कप्तान अगर अपने निश्चय पर अटल रहकर वहां से टल न गया होता तो वह भी लपेट में आ गया होता।

☆ पूछने में कुछ ख़र्च नहीं होता।

☆ काम को दोषी ठहराएं, काम करनेवाले को नहीं।

☆ आलोचना को अगर थोड़ी ख़ुराक में दिया जाए, तो वह एक व्यक्ति के अहं को चोट नहीं पहुंचाएगी, दूसरा उसके लिए रचनात्मक सिद्ध होगी।

☆ ज़िम्मेदारियां दीजिए, लेकिन भूलिए मत।

☆ यदि आप एक आम या औसत आदमी से या अपने आपसे असाधारण प्रदर्शन की मांग करेंगे, तो वह आपको मिलेगा भी।

☆ आज सबसे ज़्यादा महत्त्व जिस बात का है, वह है–सोचने की क्षमता।

☆ ध्यान से सुनना एक कला है। अपनी आंखों से भी ध्यान से सुनिए।

☆ अलग लोगों के लिए अलग प्रयास।

☆ सिखाइए, उपदेश मत दीजिए।

> दूसरे तुम्हारे विषय में क्या सोचते हैं, इसकी अपेक्षा तुम्हारे विषय में अपने विचार अधिक महत्त्वपूर्ण हैं।
>
> **–सेनेका**

☆ कहीं पत्थर, कहीं हीरे, हैं तो ये दोनों ही मिट्टी से निकले, परन्तु गुणों का कितना भेद है।

☆ बदलाव आने पर सख्त और न झुकने वाले टूट जाते हैं, लेकिन लचीले और झुकनेवाले अपना रास्ता बना लेते हैं और जीत भी जाते हैं।

☆ यह सच है कि हम ध्यान से सुनकर ही सीखते हैं, पर यह विडम्बना ही है कि हम ध्यान से सुनते ही नहीं।

महान परिणाम आज-कल में नहीं प्राप्त हो जाते, इसलिए हमें जीवन में क़दम-क़दम बढ़ते जाने में सन्तोष करना चाहिए।

जीवन के सभी उतार-चढ़ाव के उदाहरण हमें पुस्तकों में मिल जाएंगे। किसी-न-किसी को, कहीं-न-कहीं और कभी-न-कभी आप जैसी ही समस्याएं या सुअवसर मिले होंगे। आपको अपने लिए पहिए का आविष्कार नहीं करना होगा।

☆ बहुत कम ऐसे लोग होते हैं जो दूसरों की ग़लतियां तौलते वक़्त डंडी नहीं मारते।

☆ आप जो कर रहे हैं, उसे अगर आप सरल भाषा में नहीं बता सकते, तो शायद आप कुछ ग़लत कर रहे हैं।

☆ सिखानेवाला सीखता भी है।

☆ प्रधानमन्त्री से लेकर चपरासी तक सभी को ट्रेनिंग की ज़रूरत होती है।

☆ अपने व्यापार का प्रबन्धन करना एक कला है, न कि विज्ञान।

ग़ुस्से से भरिए मत, उसे थूक दीजिए।

☆ धैर्य और लगातार कोशिश ट्रेनिंग की ज़रूरतें हैं या कहें कि मांगें हैं।

☆ कम काम करने की बजाय बहुत अधिक काम करे में ज़्यादा आनन्द मिलता है।

☆ काम करने की अपेक्षा काम हो जाने में ज़्यादा व्यावहारिक समझ की आवश्यकता होती है।

☆ प्रशिक्षण सकारात्मक नज़रिये की मांग करता है।

☆ प्रशिक्षण देने की तरह प्रशिक्षण लेना भी महंगा होता है।

☆ कोई भी ग़ुस्सा हो सकता है–यह बहुत आसान है, लेकिन किसी सही व्यक्ति पर, सही मात्रा में, सही समय पर और सही कारण के लिए ग़ुस्सा करना–यह निश्चित ही आसान नहीं है।

देव शर्मा की पत्नी के लिए भी यह आसान न था। पंचतन्त्र की वह कथा बताती है कि कैसे :

बिना विचारे जो करे

एक बार देवशर्मा नाम के ब्राह्मण के घर जिस दिन पुत्र का जन्म हुआ उसी दिन उसके घर में रहनेवाली नकुली ने भी एक नेवले को जन्म दिया। देवशर्मा की पत्नी बहुत दयालु स्वभाव की स्त्री थी। उसने उस छोटे नेवले को भी अपने पुत्र के समान ही पाला-पोसा और बड़ा किया। वह नेवला सदा उसके पुत्र के साथ खेलता था। दोनों में बड़ा प्रेम था। देवशर्मा की पत्नी भी दोनों के प्रेम को देखकर प्रसन्न थी किन्तु उसके मन में यह शंका हमेशा रहती थी कि कभी यह नेवला उसके पुत्र को न काट खाए। पशु की बुद्धि नहीं होती, मूर्खतावश वह कोई भी अनिष्ट कर सकता है।

एक दिन उसकी इस आशंका का बुरा परिणाम निकल आया। उस दिन देवशर्मा की पत्नी अपने पुत्र को एक वृक्ष की छाया में सुलाकर स्वयं पास के जलाशय से पानी भरने गई थी। जाते हुए वह अपने पति देवशर्मा से कह गई थी कि वहीं ठहरकर वह पुत्र की देख-रेख करे, कहीं ऐसा न हो कि नेवला उसे काट खाए। पत्नी के जाने के बाद देवशर्मा ने सोचा कि नेवले और बच्चे में गहरी मैत्री है, नेवला बच्चे को हानि नहीं पहुंचाएगा।

यह सोचकर वह अपने सोए हुए बच्चे और नेवले को वृक्ष की छाया में छोड़कर स्वयं भिक्षा के लोभ से कहीं चल पड़ा।

दैववश उसी समय एक काला नाग पास के बिल से बाहर निकला। नेवले ने उसे देख लिया। उसे डर हुआ कि कहीं वह उसके मित्र को न डस ले, इसलिए वह काले नाग पर टूट पड़ा और स्वयं बहुत क्षत-विक्षत होते हुए भी उसने नाग के खंड-खंड कर दिए। सांप को मारने के बाद वह उसी दिशा में चल पड़ा, जिधर देवशर्मा की पत्नी पानी भरने गई थी। उसने सोचा कि वह उसकी वीरता की प्रशंसा करेगी, किन्तु हुआ उसके विपरीत। उसकी ख़ून से सनी देह को देखकर ब्राह्मण-पत्नी का मन उन्हीं पुरानी आशंकाओं से भर गया कि कहीं इसने उसके पुत्र की हत्या न कर दी हो। यह विचार आते ही उसने क्रोध से सिर पर उठाए घड़े को नेवले पर फेंक दिया। छोटा-सा नेवला जल से भरे घड़े की चोट खाकर वहीं मर गया। ब्राह्मण-पत्नी वहीं से भागती हुई वृक्ष के नीचे पहुंची। वहां पहुंचकर उसने देखा कि उसका पुत्र बड़ी शान्ति से सो रहा है और उससे कुछ दूरी पर एक काले सांप का शरीर खंड-खंड हुआ पड़ा है। तब उसे नेवले की वीरता का ज्ञान हुआ। पश्चाताप से उसकी छाती फटने लगी।

☆ जो काम केवल एक आदमी कर सकता है, उसे दो आदमियों में मत बांटो।

☆ एक साथ मिलकर काम करना तब तक काम नहीं करेगा, जब तक आप किसी ऐसे व्यक्ति से काम नहीं लेते जो कि अपने हिस्से का बोझ नहीं उठाता।

☆ सम्मान और पद पानी पर आराम करती मुर्ग़ाबियों से ज्यादा नहीं हैं।

☆ जितना असरदार एक अच्छा उदाहरण होता है, उतनी असरदार डांट-फटकार नहीं होती।

☆ किसी व्यक्ति को कोई भी दूसरी चीज़ इतना गौरवान्वित नहीं करती, जितना यह कि उससे किसी ऐसे विषय पर उसकी राय मांगी जाए जिसे वह जानता हो और जो पूछनेवाले के लिए महत्त्वपूर्ण हो। इससे उसे अहसास होता है कि उसका फ़ैसला भी मूल्यवान है।

☆ साथ मिलकर काम करना अच्छा तो होता है, लेकिन एक मुस्कान के साथ मिलकर काम करने से काम जल्दी, बेहतर और आसान हो जाता है।

☆ मजबूती के साथ ईमानदारी और फ़ुर्ती एक टीम को स्वस्थ बनाते हैं।

☆ मैंने जाना कि लोग न सिर्फ़ काम करना चाहते हैं, बल्कि वे उद्देश्यपूर्ण काम करना चाहते हैं।

☆ लोग सन्तुष्टि के लिए काम करते हैं। चुनौती और मान्यता के लिए काम करते हैं। पैसा, हां, पैसा उनके हाथ ख़रीद लेगा और बाक़ी चीज़ें उनका दिलो-दिमाग़।

☆ लोगों को उनकी सोच के अनुसार नापना चाहिए, न कि किलोग्राम या इंचों में।

किसने किए, दुनिया के सब काम

जब कभी आप अपने आपको महत्त्वपूर्ण समझते हैं
जब भी आपका अहंकार पल रहा होता है
जब कभी आप यूं ही सोच लेते हैं कि कमरे में सबसे
लायक आप ही हैं
जब कभी आप सोचें कि जहां से आप जा रहे हैं, वहां
कभी न भरनेवाले छेद छोड़े जा रहे हैं
तो इन सीधे-सादे नियमों का पालन करें
और देखें कि कैसे ये आपका घमंड तोड़ देंगे :
पानी से भरी एक बाल्टी लें
कलाई तक अपना हाथ उसमें डुबो दें
अपना हाथ वापस खींचें
और अब जो छेद उसमें बच जाता है
वह यह नापता है कि आपको इतना याद किया
जाएगा।
जब आप अन्दर पानी में हाथ डालते हैं
तो आप जो भी इच्छा करते हैं
उसे आप पानी पर छिड़क देते हैं।
आप पूरे पानी को हिला तो सकते हैं
लेकिन ठहरिए, आप पाएंगे कि थोड़ी देर बाद
पानी बिलकुल वैसा ही दिखेगा जैसा पहले था।
इस अनोखे उदाहरण से यही शिक्षा मिलती है कि
अपनी तरफ़ से सबसें अच्छा काम करो
अपने पर नाज़ करो, लेकिन याद रखो
यहां कोई भी व्यक्ति अत्यावश्यक नहीं है।
उसके बिना भी काम चल सकता है।

सर्वश्रेष्ठ को श्रेष्ठ का दुश्मन न बनाएं

कई बार सर्वश्रेष्ठ की खोज में हम श्रेष्ठ को भूल जाते हैं। अगर हम 'श्रेष्ठ' लागू करें तो दस में से नौ मामलों में हम 'और श्रेष्ठ' की तरफ़ बढ़ेंगे। यदि आप विवाहित हैं तो उदाहरण के लिए हम ज़्यादा दूर क्यों जाएं? अपने जीवन-साथी के बारे में सोचिए। क्या यह वही सर्वश्रेष्ठ आदर्श है जिसकी आपने शादी से पहले कल्पना और इच्छा की थी? हां, शायद आप ऐसा अब सोचते हों। आपके वैवाहिक आनन्द के लिए अच्छा है। लेकिन, वास्तव में, क्या अपने देखने में, आदतों में या पेशे में कहीं कोई समझौता नहीं किया? महत्त्वपूर्ण यह है कि अगर आपने सर्वश्रेष्ठ जीवन–साथी का इन्तज़ार किया होता तो आप अवश्य ही आजीवन कुंवारे रह गए होते।

याद रखिए : अच्छा, थोड़ा अच्छा, सबसे अच्छा। हमेशा अच्छे से शुरू करें और उसे लागू करें। फिर उसे सुधारने की कोशिश करें। उससे कहीं और अच्छा करने की कोशिश करें। इसे सबसे अच्छे की तरफ़ निरन्तर बढ़ाते रहिए।

☆ पहले प्रभाव में ही धोखा मत खाइए।

☆ किसी के भी प्रति बदला लेने की भावना मत पालिए, माफ़ कीजिए और भूल जाइए।

☆ विश्वास, विचारों की जंज़ीर की तरह है। यदि एक बार आप इसे तोड़ देते हैं तो इसे फिर से जोड़ पाना लगभग नामुमकिन है।

☆ तलवार का घाव उतना तेज़ नहीं होता, जितना कि ज़ुबान का।

☆ परिस्थितियां अपने आप तनाव नहीं पैदा करतीं, ये आपकी प्रतिक्रियाएं हैं, जो परिस्थितियों को ऐसा बना देती हैं।

☆ आप क़तई यह मानकर मत चलिए कि मिल-जुलकर काम करने से काम अपने आप हो जाता है। आपको अपनी नीतियों, कार्यविधियों, योजनाओं आदि को सुधारते रहना होगा जिससे कि आपका व्यापार अच्छे हालात में रहे।

> जो कुछ तुम इच्छा करते हो, यदि तुम वह कर नही सकते तो वही इच्छा करो जो तुम कर सकते हो।
>
> **-टेरेन्स**

☆ जब बड़ी घंटी बजती है तो कोई भी छोटी को नहीं सुनता।

☆ प्रबन्धक तभी नेतृत्व करते हुए लगते हैं, जब वे श्रमिक दल के आने से पहले आ जाएं और उनके जाने के बाद जाएं।

अपनी ग़लती शालीनता से कुबूल करें

चेयरमैन की पेंसिल में भी रबर होती है, मतलब यह कि वह भी ग़लतियां करता है। हम सब ग़लतियां करते हैं। अपनी ग़लतियां मान लें और अपने कर्मचारियों की ग़लतियों को भी शालीनता से माफ़ कर दें। एक आदमी अगर साठ प्रतिशत समय ठीक है और बाक़ी के समय में अपनी ग़लतियां सुधारने में सफल हो भी जाता है, तो उसे हम महान सफलता मानते हैं। सबसे अच्छी बात यह है कि लोग ऐसे आदमी का सचमुच सम्मान करते हैं, जो अपनी ग़लतियां जल्दी से और शालीनतापूर्वक स्वीकार कर लेता है। यह एक महान आदमी की निशानी है।

☆ प्रशासक को किसी भी परिस्थिति के अनुकूल ख़ुद को ढालने में दक्ष होना चाहिए।

☆ जब आप चाहते हैं कि काम हो जाए, तब आप लोगों को याद दिलाने के लिए क्रियात्मक तरीक़े अपनाएं। यह मत भूलिए कि लोगों में चीज़ों को आसानी से भूल जाने की आदत होती है।

☆ प्रशंसा को शालीनता से स्वीकार कीजिए। यह मत भूलिए कि पर्दे के पीछे आपकी टीम के ढेरों साथी हैं, जिन्होंने आपके पास जो कुछ भी है, उसे पाने में आपकी मदद की हे।

चुनौतियों को भूखा रखकर सुअवसरों को खाना खिलाइए।

☆ चिल्लाइए...जब कभी आप तर्कपूर्ण ढंग से विश्वस्त हों कि आपकी टीम में कोई ज़्यादा या कोई कम बोझा उठा रहा है।

☆ एक मैनेजर को पन्द्रह प्रतिशत सफलता तकनीकी कौशल के कारण मिलती है और पिचासी प्रतिशत मानवीय इंजीनियरी की कुशलता के कारण।

☆ बौनेपन के असर को समझिए। या फिर शुद्ध यानी पवित्र तरीक़े को–अगर आप किसी पर सुगन्धित पानी डालेंगे तो वह भी आपके साथ वैसा ही करेगा। और अगर आप कीचड़ से लीपेंगे-पोतेंगे तो वह भी आपको कीचड़ में घसीटेगा।

इसके लिए एक सटीक उदाहरण है पंचतन्त्र की यह कहानी :

जैसे को तैसा

एक स्थान पर जीर्णधन नाम का बनिए का लड़का रहता था। धन की खोज में उसने परदेश जाने का विचार किया। उसके घर में विशेष सम्पत्ति तो थी नहीं, केवल एक मन-भर भारी लोहे की तराज़ू थी। उसे एक महाजन के पास धरोहर रखकर वह विदेश चला गया। विदेश से वापस आने के बाद उसने महाजन से अपनी धरोहर मांगी। महाजन ने कहा–वह लोहे की तराज़ू तो चूहों ने खा ली।

बनिए का लड़का समझ गया कि वह उसे तराज़ू देना नहीं चाहता। किन्तु अब उपाय कोई नहीं था। कुछ देर सोचकर उसने कहा–कोई चिन्ता नहीं। चूहों ने खा डाली तो चूहों का दोष है, तुम्हारा नहीं। तुम इसकी चिन्ता न करो।

थोड़ी देर बाद उसने महाजन से कहा–मित्र! मैं नदी पर स्नान के लिए जा रहा हूं। तुम अपने पुत्र धनदेव को मेरे साथ भेज दो, वह भी नहा आएगा।

महाजन बनिए की सज्जनता से बहुत प्रभावित था, इसलिए उसने तत्काल अपने पुत्र को उसके साथ नदी-स्नान के लिए भेज दिया।

बनिए ने महाजन के पुत्र को वहां से कुछ दूर ले जाकर एक गुफ़ा में बन्द कर दिया। गुफ़ा के द्वार पर बड़ी-सी शिला रख दी, जिससे वह निकलकर भाग न पाए, फिर जब वह

महाजन के घर आया तो महाजन ने पूछा–मेरा लड़का भी तो तेरे साथ स्नान के लिए गया था, वह कहां है?

बनिए ने कहा–उसे चील उठाकर ले गई।

महाजन–यह कैसे हो सकता है? कभी चील भी इतने बड़े बच्चे को उठाकर ले जा सकती है?

बनिया–भले आदमी! यदि चील बच्चे को उठाकर नहीं ले जा सकती, तो चूहे भी मन-भर भारी तराज़ू को नहीं खा सकते। तुझे बच्चा चाहिए तो तराज़ू निकालकर दे दे।

इसी तरह विवाद करते हुए दोनों राजमहल में पहुंचे। वहां न्यायाधिकारी के सामने महाजन ने अपनी दुःख-कथा सुनाते हुए कहा कि इस बनिए ने मेरा लड़का चुरा लिया है।

धर्माधिकारी ने बनिए से कहा–इसका लड़का इसे दे दो।

बनिया बोला–महाराज! उसे तो चील उठा ले गई है।

धर्माधिकारी–क्या कभी चील भी बच्चे को उठा ले जा सकती है?

बनिया–प्रभु! यदि मन-भर भारी तराज़ू को चूहे खा सकते हैं, तो चील भी बच्चे को उठाकर ले जा सकती है।

धर्माधिकारी के पूछने पर बनिए ने सब वृत्तान्त कह सुनाया।

☆ अच्छे मैनेजर जन्म नहीं लेते, उन्हें प्रशिक्षण से बनाया जाता है।

☆ ज़्यादातर लोग सुनी हुई बातों का केवल बीस प्रतिशत ही याद रख पाते हैं।

हर कोई वही करना चाहता है, जा उसे पसंद है, न कि वह जो करना चाहिए

यह ऑफ़िसों में आए दिन होनेवाली असाधारण घटना है। आप अपने सहकर्मी से कुछ करने को कहिए और जिस वक़्त आप काम के परिणामों का इन्तज़ार कर रहे होते हैं, आपको पता चलता है कि वह कुछ और कर रहा है क्योंकि उसने वही काम करना चाहा जो कि उसे पसन्द था, न कि वह, जो किया जाना था।

एक इनसान ऐसा क्यों करता है? शायद... मानवीय प्रकृति के कारण।

उपेक्षा करके भी देखा, हम किसी शख़्स से जो आशा रखते हैं, वह उसके विपरीत व्यवहार क्यों करता है? बच्चे वही काम करते हैं, जिन्हें करने को उन्हें मना किया जाता है। लेकिन, जब बड़ों का ठीक तरह से मार्गदर्शन न किया जाए तो उनके साथ भी ऐसा ही होता है, और उससे भी ज़्यादा, तब ऐसा होता है, जब उन्हें प्रेरणा न दी जाए।

गुणी को किसी का भय नहीं

अम्भो जिनीवनविहारविलासमे व
हंसस्य हन्ति नितरां कुपितो विधाता।
न त्वस्य दुग्धजलभेदविधौ प्रसिद्धां
वैदग्ध्यकीर्तिमपहर्तुमसौ समर्थः ॥

जिसके पास कोई विद्या है, वह सर्वत्र सन्मानित होगा। उसे किसी व्यक्ति की अकारण अप्रसन्नता से भयभीत होने की आवश्यकता नहीं।

प्रायः धन-सम्पन्न व्यक्ति विद्वान की विद्वता का उचित मूल्य नहीं लगाते। वे समझते हैं कि धन के बल पर सबको ख़रीदा जा सकता है। वे विद्वान व्यक्ति को सेवक बनाकर क्रीतदास की तरह रखना चाहते हैं।

उनके अनुचित और तिरस्कारपूर्ण व्यवहार को वही लोग सहते हैं जो सच्चे अर्थों में विद्वान प्रतिभाशाली नहीं हैं। प्रतिभा का धनी विद्वान इस तिरस्कार की अपेक्षा निर्धन किन्तु स्वाभिमानी जीवन बिताना अधिक पसन्द करेगा।

कोई भी धनी या व्यवसायी व्यक्ति नाराज़ होने पर विद्वान को अपनी नौकरी से तो अलग कर सकता है, किन्तु उसकी विद्या या प्रतिभा से उसे अलग नहीं कर सकता। अपनी प्रतिभा के बल पर वह विद्वान कहीं भी स्वाभिमानपूर्ण जीवन-यापन कर सकता है।

जिसका जो स्वाभाविक गुण है, उसे उससे वंचित करने की क्षमता किसी में भी नहीं होती। हंस का स्वाभाविक गुण है कि वह दूध और पानी को अलग कर सकता है। स्वयं विधाता भी इस कार्य में असमर्थ हैं। हंस का कुपित होने पर विधाता उसका निवास-स्थान छीन सकता है, किन्तु उसके नीर-क्षीर-विवेक की बुद्धि को नहीं छीन सकता।

☆ ध्यान से सुनना कभी न छोड़ें, सीखना कभी न छोड़ें, प्रशिक्षण कभी न छोड़ें।

☆ अपने लोगों के साथ वयस्कों जैसा बर्ताव करें। उन्हें ज़िम्मेदारी और अधिकार दें। उन पर विश्वास करें।

☆ जब भी आपके लोग कुछ अच्छा काम करें तो उनकी प्रशंसा करने में अपने आपको बहुत ज़्यादा व्यस्त न रखें। ऐसे सुअवसरों को ढूंढ़ने के लिए रास्ते तलाश करें।

☆ जिस तेज़ी से हम भूल सकते हैं, वह आश्चर्यजनक है।

☆ क्या आप अपने व्यवसाय और अपने लोगों के प्रति उमंग, पहल, निष्ठा, श्रद्धा दिखाते हैं? अगर आप दिखाते हैं तो आपको उनसे भी यही चीज़ें मिलेंगी।

☆ अपने लोगों को पदोन्नति देना, ख़ुद को पदोन्नत करने ओर सुविधाएं देने से कहीं ज़्यादा चुनौतीपूर्ण काम है।

☆ देरी लोगों में दिलचस्पी कम कर देती है ओर वे आलसी हो जाते हैं।

☆ एक बैले नर्तक को अपनी शैली और तकनीक को परफ़ेक्ट बनाने के लिए आईने की आवश्यकता होती है। एक मैनेजर को अपना आईना ख़ुद बनना पड़ता है।

☆ जो आदमी क़दम-दर-क़दम आगे बढ़ता है, वह उस आदमी की बजाय ज़्यादा सम्मान पाता है, जो वहां एक छलांग लगाकर पहुंचता है।

☆ एक व्यक्ति का सच्चरित्र अक्सर इस बात से ज़ाहिर होता है कि वह प्रशंसा किस रूप में स्वीकार करता है।

☆ अगर आप एक बुलबुल को आज़ादी देंगे तो आप गर्मियों में उससे खुले गले में चिन्तनमुक्त गीत सुनेंगे। यही आज़ादी सूअर को दीजिए, आपको सिर्फ़ घुरघुराहट मिलेगी।

☆ किसी एक को उपाधि देकर आप सौ लोगों को नाराज़ करते हैं और उस एक को परेशान।

☆ जो फल खाना चाहता है, उसे पेड़ पर चढ़ना ही पड़ेगा।

☆ जो अकेले सफ़र करता है, वह तेज़ी से सफ़र करता है।

☆ जो व्यक्ति जिम्मेदारियां ख़ुशी-ख़ुशी स्वीकार करता है, उसे अक्सर ज़िम्मेदारियामिल भी जाती हैं।

आपत्तियों से बढ़कर
और कोई बड़ी
शिक्षा नहीं है।

–डिज़राइली

☆ जो हाथों-हाथ देता है, वह दो बार देता है।

☆ इनसानों में सर्वश्रेष्ठ वही है जो अपनी ग़लतियां देखता है, और दूसरों की नहीं।

☆ हर चीज़ यदि आपके सोचे गए समय से ज़्यादा समय लेती है, तो काम पूरा होने की तारीख़ देने से पहले उसमें दस से तीस प्रतिशत ज़्यादा समय जोड़ लें।

कुशलता ही काफ़ी नहीं है, क्योंकि यह आपका नज़रिया है जो चीज़ों को विशेष बनाता है।

नज़रिया अपना-अपना

एक बार एक प्रकृतिशास्त्री देहात में घूमते-घूमते एक तालाब के किनारे पहुंचा, जिस पर काई जमी हुई थी। खुर्दबीन द्वारा निरीक्षण करने के लिए उसने तालाब में से बड़े उल्लास से पानी की शीशी भरी। एक किसान का लड़का पास ही खड़ा उसे उत्सुकता से देख रहा था। प्रकृतिशास्त्री ने किसान के लड़के से कहा, 'मेरे दोस्त! तालाब में सैकड़ों नहीं, बल्कि हज़ारों दुनियाएं हैं, बशर्ते कि हमारे पास ऐसी बुद्धि और ऐसा यन्त्र हो, जिससे हम उन्हें देख पाएं।' निरीह देहाती उसका कुछ अर्थ समझ नहीं पाया। वह सरल भाव से बोला, 'इस पानी में मछली के बच्चे बहुत हैं, जो धीरे-धीरे बड़े हो जाएंगे।'

तथ्यों की खोज करनेवाले प्रकृतिशास्त्री के लिए जो तालाब आकर्षक और रहस्यमय था, एक अपढ़ देहाती के लिए उसमें मछलियों-भरे गन्दले पानी के अतिरिक्त कुछ नहीं था।

एक जंगली फूल, जिसे एक सामान्य यात्री पांव तले रौंद डालता है, एक कवि की आंख में अनेक सपने सजा देता है। बहुत-से लोगों के लिए समुद्र सिर्फ़ पानी ही पानी है, जिस पर जहाज़ चलते हैं और कई बार डूब भी जाते हैं; लेकिन यही समुद्र एक संगीतकार की दृष्टि से सजीव हो उठता है, उसे उसकी मचलती तरंगों में, तूफ़ानों और ज्वारभाटे में कितनी रागिनियां सुनाई पड़ती हैं। जहां एक सामान्य व्यक्ति को विनाश ही विनाश दिखाई पड़ता है, वहां एक दार्शनिक कार्य और कारण की अद्भुत लीला से मुग्ध हो उठता है। इसी प्रकार जहां एक भौतिकवादी को मृत्यु के अतिरिक्त कुछ दिखाई नहीं देता, वहां एक अध्यात्मवादी नाचते-थिरकते जीवन का दर्शन करता है।

हमारा नज़रीया एक ऐसा दर्पण है, जो हर एक वस्तु को अपने अनुरूप ढाल लेता है।

☆ चिचियाते पहियों को ग्रीस की ज़रूरत होती है।

☆ सच से ज़्यादा शक्तिशाली कुछ भी नहीं है।

☆ परफ़ेक्ट समाधान जेसी कोई और चीज़ नहीं है।

☆ अतिसामान्य लोकोक्तियों और सूक्तियों में हर युग की बुद्धिमत्ता का सार होता है।

☆ काम में ली जानेवाली चाबी हमेशा चमकदार होती है।

☆ आपके तीस प्रतिशत कर्मचारी आलसी, बेवक़ूफ़, बेईमान और पता नहीं क्या-क्या हैं। इस बात को अपने मूल्यांकन यानी सोच-विचार में लाएं।

☆ जमकर फेंकिए, और कुछ तो चिपकेगा ही।

☆ पच्चीस प्रतिशत तेज़ चलिए और आप न सिर्फ़ चुस्त महसूस करेंगे, बल्कि दूसरे लोगों को प्रभावित भी कर सकेंगे। इसे आज़माकर देखिए।

☆ जब तक कर्मचारी की दिक्कतें दूर करने के लिए एक प्रभावशाली पद्धति नहीं होगी, तब तक उनके मूल्यांकन का कोई अर्थ नहीं।

☆ सकारात्मक और नकारात्मक प्रयासों को अच्छी तरह मिला लेना चाहिए।

☆ नेतृत्व एक रस्सी को हरक़त में लाने की तरह है। आप इसे पीछे से धक्का देकर नहीं चला सकते, इसके लिए आपको आगे आकर खींचना होगा।

☆ ज़्यादातर लोगों द्वारा सुअवसरों को न पहचान पाने का कारण है कि ये कड़े परिश्रम का रूप धरकर सामने आते हैं।

☆ आप एक कर्मचारी को उसका काम करके न दिखाएं, बल्कि उसे सलाह दें और समझाएं।

इससे पहले कि ज़रूरी काम बहुत ज़रूरी बन जाएं, उन्हें कर लें

टालमटोल की आदत आपके समय को चुरा लेती है। आवश्यक कामों को एक तरफ़ कर देने की आदत आपसे उपलब्धियां और सफलता छीन सकती है। मत भूलिए कि विश्व की सबसे बड़ी आग को भी एक कप पानी से बुझाया जा सकता है, और टेलीग्राम तभी भेजना पड़ता है जब पोस्टकार्ड नहीं डाला गया हो।

आज काम की अवहेलना करके, कल उसके बोझ तले दबने का क्या औचित्य है? समय पर टांका नै का काम देता है। काम पूरे उत्साह से करें, अपनी क्षमता पर आपको भी सुखद आहचर्य होगा।

हज़ार मील का सफ़र भी एक क़दम से ही शुरू होता है। क़दम उठाइए। अस्थायी को पीछे छोड़िए। आप देखेंगे कि मीलें आपके क़दमों तले पिघल जाएंगी। इसलिए इसे अभी करें।

☆ सामाजिक और सामूहिक जीवन का सबसे कम अहम शब्द है 'मैं', और सबसे अधिक महत्त्वपूर्ण शब्द है 'आप'।

☆ सिर्फ़ मेहनत से ही नहीं, बल्कि चुस्ती से काम करें।

☆ फ़िल्म जगत में हीरो बनना तो अच्छा है, लेकिन व्यापार जगत में नहीं। यह सुनिश्चित कीजिए कि आपकी टीम हीरो बने।

☆ नौकरी का कोई भविष्य नहीं होता, लेकिन लोगों का होता है।

☆ लोग जिस बात के लिए सोचते हैं कि वो ग़ुस्सा हैं, दरअसल ग़ुस्से का कारण वो बात होती ही नहीं। अक्सर उस बात की तह में कुछ और होता है।

☆ लोग जो भी समस्या आपके सामने रखें, उन्हें ही उनके अपेक्षित समाधान सुझाने के लिए प्रेरित करें।

☆ लोगों के साथ विजेताओं का-सा बर्ताव करें।

☆ यदि आप एक वर्षीय योजना बनाते हैं तो भुट्टे उगाइए। यदि आप तीन वर्षीय योजना बनाते हैं तो एक पेड़ उगाइए। लेकिन, अगर आप दस वर्षीय योजना बनाते हैं तो आदमी उगाइए–यानी उनके साथ काम कीजिए।

☆ लोगों को तीन समूहों में बांटा जा सकता है–एक वो, जो काम करते हैं; दूसरे वो, जो काम होता हुआ देखते हैं; और तीसरे वो, जो काम हो जाने पर ताज्जुब करते हैं कि हो गया!

- ☆ लोगों में अच्छाई देखिए और उन ख़ूबियों को बढ़ाने की कोशिश कीजिए।

- ☆ अकुशलता : अगर इस पर विजय न पाई जा सके और एक कर्मचारी सचमुच किसी काम के लिए अयोग्य है, तो उसके लिए ऐसा काम ढूंढ़िए जो वो कर सके, नहीं तो उसे तुरन्त बर्ख़ास्त कर दीजिए। इन्तज़ार मत कीजिए।

लोगों के बारे में सोचिए, जो अच्छे हों, समर्पित हों

श्रेष्ठता को प्रोत्साहित करने का एक तरीक़ा है कि श्रेष्ठता की मांग करें। और ज़्यादातर आप इसे पा भी लेंगे। इस पर ध्यान दें। इसकी प्रशंसा करें। इसके बारे में बात करें। इसके बारे में लिखें। लेकिन, प्रशंसा हमेशा सार्वजनिक रूप से करें, जबकि डांटे अकेले में।

आप एक मीठे शब्द और एक बन्दूक से ज़्यादा काम ले सकते हैं, बजाय एक अकेले शब्द के। और याद रखिए कि एक आदमी को जितनी प्रेरणा अपने बॉस को ईमानदारी से काम करते हुए देखकर मिलती है, उतनी और किसी से नहीं।

बॉस की ईमानदारी

श्री ए.टी. स्टीवर्ट नामक एक व्यापारी का आदेश था कि चाहे कुछ भी परिणाम हो, उनकी दुकान पर सच बोला जाए। किसी भी कर्मचारी को ग़लतबयानी करने की अथवा किसी दोष को छिपाने की आज्ञा न थी।

अपने मैनेजर को एक सेल्समैन बता रहा था कि माल बढ़िया नहीं है और न ही उसकी बनावट अच्छी है। संयोग से तभी शहर के तंग गली-कूचोंवाले इलाक़े से एक व्यापारी माल लेने आ गया। उसने पूछा, “क्या तुम्हारे पास नई और फ़र्स्टक्लास आइटम है?”

युवक सेल्समैन ने तुरन्त उत्तर दिया, “क्यों नहीं महाशय, हमारे पास अभी-अभी ऐसा माल आया है, जिसका डिज़ाइन आपको बहुत पसन्द आएगा।”

जिस माल में कुछ मिनट पूर्व वह दोष निकाल रहा था, उसी माल के बारे में वह प्रशंसा के पुल बांधने लगा। फलस्वरूप उसका बहुत-सा स्टाक आगन्तुक व्यापारी ने ख़रीद लिया।

फ़र्म के मालिक स्टीवर्ट महोदय अपने सेल्समैन की बात बड़ी गम्भीरता से सुन रहे थे, वे बीच में बोल उठे, “बन्धु, मेरा सेल्समैन झूठ बोल रहा है। आप माल को ज़रा ध्यान से देखिए। यह माल अच्छा नहीं है।” यह कहकर उन्होंने अपने सेल्समैन की ओर देखते हुए कहा, “कृपया आप अभी खंजाची के पास जाकर अपना पूरा हिसाब ले लें। आपकी जैसी योग्यतावाले व्यक्ति की सेवाओं की यहां कोई आवश्यकता नहीं है।”

☆ अनुशासन के बिना अच्छे लोगों का मोल कुछ नहीं है।

☆ हम एक आदमी के अतीत को नहीं आदमी को मेहनताने पर रखते हैं।

☆ जो लोग आपके साथ हैं, हो सकता है कि वे सर्वश्रेष्ठ ना हों, आप उनका इस्तेमाल किस तरह से करते हैं, इसी से आपका लाभ तय होता है।

☆ एक अच्छा लीडर झंडा अपने हाथ में रखकर अपने समूह का नेतृत्व करता है। उसे चिल्लाने की ज़रूरत नहीं पड़ती।

☆ लोग आपके बोलने के तरीक़े से आपको परखते हैं।

☆ आपके पास दुनिया के सर्वश्रेष्ठ बीज हो सकते हैं, लेकिन अगर आपकी ज़मीन अच्छी तरह से तैयार नहीं की गई है, तो वे अंकुरित नहीं होंगे।

☆ जिस काम को करने में एक आदमी को एक घंटा लगता है, उसी काम को करने में दो आदमी दो घंटे ले सकते हैं। ऐसा भी होता है!

> असफलता निराशा का सूत्र कभी नहीं है, अपितु वह तो नई प्रेरणा है।
>
> **–साउथ**

☆ कुछ चतुर सलाहकारों के होने से आपको जो फ़ुरसत का समय मिलता है, वह और किसी तरह से नहीं मिलता।

कई बार कुशलता भी पंगु हो जाती है।

सोच-समझकर लिए गए फ़ैसले भी ग़लत सिद्ध हो सकते हैं। पंचतन्त्र की इस कहानी में क्रथनक के साथ भी यही हुआ, जब वह अपनी समझ-बूझ के बावजूद भलमनसी के चलते मारा गया :

फूंक-फूंक पग धरो

एक जंगल में मदोत्कट नाम का शेर रहता था। उसके नौकर-चाकरों में कौवा, गीदड़, बाघ, चीता आदि अनेक पशु थे। एक दिन वन में घूमते-घूमते एक ऊंट वहां आ गया। शेर ने ऊंट को देखकर अपने नौकरों से पूछा–यह कौन-सा पशु है? जंगली है या ग्राम्य? कौवे ने शेर के प्रश्न का उत्तर देते हुए कहा–स्वामी! यह पशु ग्राम्य है और आपका भोज्य है। आप इसे खाकर भूख मिटा सकते हैं।

शेर ने कहा–नहीं, यह हमारा अतिथि है; घर आए को मारना उचित नहीं। शत्रु भी अगर घर आए, तो उसे नहीं मारना चाहिए, फिर, यह तो हम पर विश्वास करके हमारे घर आया है। इसे मारना पाप है। इसे अभयदान देकर मेरे पास लाओ। मैं इससे वन में आने का प्रयोजन पूछूंगा।

शेर की आज्ञा सुनकर अन्य पशु ऊंट को, जिसका नाम क्रथनक था, शेर के दरबार में लाए। ऊंट ने अपनी दुःखभरी कहानी सुनाते हुए बतलाया कि वह अपने साथियों से बिछुड़कर जंगल में अकेला रह गया है। शेर ने उसे धीरज बंधाते हुए कहा–अब तुझे ग्राम में रहकर भार ढोने की कोई आवश्यकता नहीं है। जंगल में रहकर हरी-हरी घास से सानन्द पेट भरो और स्वतंत्रतापूर्वक खेलो-कूदो।

शेर का आश्वासन मिलने के बाद ऊंट उस जंगल में आनन्द से रहने लगा।

कुछ दिन बाद उस वन में एक मतवाला हाथी आ गया। मतवाले हाथी से अपने अनुचर पशुओं की रक्षा करने के लिए शेर को हाथी से युद्ध करना पड़ा। युद्ध में जीत तो शेर की ही हुई, किन्तु हाथी ने भी जब एक बार शेर को सूंड में लपेटकर घुमाया, तो उसका अस्थि-पंजर हिल गया। हाथी का एक दांत भी शेर की पीठ में चुभ गया था।

इस युद्ध के बाद शेर बहुत घायल हो गया था, और नए शिकार के योग्य नहीं रहा था। शिकार के अभाव में उसे बहुत दिन से भोजन नहीं मिला था। उसके अनुचर भी, जो शेर के बचे-खुचे भोजन से ही पेट पालते थे, कई दिनों से भूखे थे।

एक दिन उन सबको बुलाकर शेर ने कहा–मित्रो! मैं बहुत घायल हो गया हूं, फिर भी यदि कोई शिकार तुम मेरे पास तक ले आओ, तो मैं उसको मारकर तुम्हारे पेट भरने योग्य मांस अवश्य तुम्हें दे दूंगा।

शेर की बात सुनकर चारों अनुचर शिकार की खोज में लग गए, किन्तु कोई फल न निकला। तब कौवे और गीदड़ में मन्त्रणा हुई। गीदड़ बोला–काकराज! अब इधर-उधर भटकने का क्या लाभ? क्यों न इस ऊंट क्रथनक को मारकर ही भूख मिटाएं?

कौवा बोला–तुम्हारी बात तो ठीक है, किन्तु स्वामी ने उसे अभय-वचन दिया हुआ है।

गीदड़–मैं ऐसा उपाय करूंगा, जिससे स्वामी उसे मारने को तैयार हो जाएं। आप यहीं रहें, मैं स्वयं जाकर स्वामी से निवेदन करता हूं।

गीदड़ ने तब शेर के पास जाकर कहा–स्वामी! हमने सारा जंगल छान मारा है किन्तु कोई भी पशु हाथ नहीं आया। अब तो हम सभी इतने भूखे-प्यासे हो गए हैं कि एक क़दम आगे नहीं चला जाता। आपकी दशा भी ऐसी ही है। आज्ञा दें, तो क्रथनक को ही मारकर उससे भूख शान्त की जाए।

गीदड़ की बात सुनकर शेर ने क्रोध से कहा–पापी! आगे यह बात मुख से निकाली तो उसी क्षण तेरे प्राण ले लूंगा। जानता नहीं कि उसे मैंने अभय-वचन दिया है!

गीदड़–स्वामी! मैं आपको वचन-भंग करने के लिए नहीं कह रहा। आप उसका स्वयं वध न कीजिए, किन्तु यदि वही स्वयं आपकी सेवा में प्राणों की भेंट लेकर आए तब तो उसके वध में कोई दोष नहीं है। यदि वह ऐसा नहीं करेगा, तो हममें से सभी आपकी सेवा में अपने शरीर की भेंट लेकर आपकी भूख शान्त करने के लिए आएंगे। जो प्राण स्वामी के काम न आएं, उनका क्या उपयोग? स्वामी के नष्ट होने पर अनुचर स्वयं नष्ट हो जाते हैं। स्वामी की रक्षा करना उनका धर्म है।

मदोत्कट–यदि तुम्हारा यही विश्वास है, तो मुझे इससे कोई आपत्ति नहीं है।

शेर से आश्वासन पाकर गीदड़ अपने अन्य अनुचर साथियों के पास आया और उन्हें लेकर फिर शेर के सामने उपस्थित हो गया। वे सब अपने शरीर के दान से स्वामी की भूख शान्त करने आए थे। गीदड़ उन्हें यह वचन देकर लाया था कि शेर सब पशुओं को छोड़कर ऊंट को ही मारेगा।

सबसे पहले कौवे ने शेर के सामने कहा–स्वामी! मुझे खाकर अपनी जान बचाइए जिससे मुझे स्वर्ग मिले। स्वामी के लिए प्राण देनेवाला स्वर्ग जाता है, वह अमर हो जाता है।

गीदड़ ने कौवे को कहा–अरे कौवे, तू इतना छोटा है कि तेरे खाने से स्वामी की भूख बिलकुल शान्त नहीं होगी। तेरे शरीर में मांस ही कितना है जो कोई खाएगा? मैं अपना शरीर स्वामी को अर्पण करता हूं।

गीदड़ ने जब अपना शरीर भेंट किया, तो बाघ ने उसे हटाते हुए कहा–तू भी बहुत छोटा है। तेरे नख इतने बड़े और विषैले हैं कि जो खाएगा उसे जहर चढ़ जाएगा। इसलिए तू अभक्ष्य है। मैं अपने को स्वामी को अर्पण करूंगा। मुझे खाकर वे अपनी भूख शान्त करें।

उसे देखकर क्रथनक ने सोचा कि वह भी अपने शरीर को अर्पण कर दे। जिन्होंने ऐसा किया था, उनमें से किसी को भी शेर ने नहीं मारा था, इसलिए उसे भी मरने का डर नहीं रहा था। यही सोचकर क्रथनक ने भी आगे बढ़कर बाघ को एक ओर हटा दिया और अपने शरीर को शेर को अर्पण किया।

तब शेर का इशारा पाकर गीदड़, चीता, बाघ आदि पशु ऊंट पर टूट पड़े और उसका पेट फाड़ डाला। सबने उसके मांस से अपनी भूख शान्त की।

☆ आप उम्मीद मत कीजिए कि दूसरे आपकी सलाह को ध्यान से सुनें, वे आपके द्वारा दिए गए उदाहरणों को अनदेखा कर सकते हैं।

☆ लोग आपके ख़िलाफ़ नहीं हैं, बल्कि वे पूरी तरह सिर्फ़ अपने लिए हैं, अपने ख़ुद के साथ हैं।

☆ किसी आदमी को तब तक मत छोड़िए जब तक वह किसी ऐसे काम में असफल न हो जाए जो कि उसे पसन्द हो।

> **विशुद्ध भोलेपनवाली चुप्पी उस समय समझाने में कारगर सिद्ध होती है, जब बोलना असफल हो जाता है।**
>
> **–विलियम शेक्सपियर**

☆ काम हो जाए, इसका बेहतरीन तरीक़ा है कि आप अपने कर्मचारियों को उनके अपने ही दिमाग़ और समझ से काम करने दें।

☆ जो आदमी छोटी-छोटी कठिनाइयों को झेल नहीं पाते, कभी भी कोई बड़ा काम पूरा नहीं कर सकते।

☆ गहन जांच से पता चलता है कि काम करना मन बहलाने से कम उबाऊ है।

☆ सबक/सीख दी नहीं जाती, ली जाती है।

☆ हम सब की पहली और मुख्य समस्या किसी बात को याद रखना नहीं, बल्कि उसे भुला देना है।

☆ लोग कभी भी सद्भावना के कारण आपसे नहीं जुड़ते हैं।

मित्रभेद

महिलारोप्य नाम के नगर में वर्धमान नाम का एक वणिक-पुत्र रहता था। उसने धर्मयुक्त रीति से व्यापार में पर्याप्त धन पैदा किया था, किन्तु उतने से उसे सन्तोष नहीं होता था; और भी अधिक धन कमाने की इच्छा थी। छः उपायों से ही धनोपार्जन किया जाता है–भिक्षा, राजसेवा, खेती, विद्या, सूद और व्यापार से। इनमें से व्यापार का साधन ही सर्वश्रेष्ठ है। व्यापार के भी अनेक प्रकार हैं। उनमें सबसे अच्छा यही है कि परदेस से उत्तम वस्तुओं का संग्रह करके स्वदेश में उन्हें बेचा जाए। यही सोचकर वर्धमान ने अपने नगर से बाहर जाने का संकल्प किया। मथुरा जानेवाले मार्ग के लिए उसने अपना रथ तैयार करवाया। रथ में दो सुन्दर, सुदृढ़ बैल जुतवाए। उनके नाम थे–संजीवक और नन्दक।

वर्धमान का रथ यमुना के किनारे पहुंचा, तो संजीवक नाम का बैल नदी-तट की दलदल में फंस गया। वहां से निकलने की चेष्टा में उसका एक पैर भी टूट गया। वर्धमान को यह देखकर बड़ा दुख हुआ। तीन रात उसने बैल के स्वस्थ होने की प्रतीक्षा की। बाद में उसके सारथी ने कहा कि वन में अनेक हिंसक जन्तु रहते हैं, यहां उनसे बचाव का कोई उपाय नहीं है। संजीवक के अच्छा होने में बहुत दिन लग जाएंगे। इतने दिन यहां रहकर प्राणों का संकट नहीं उठाया जा सकता। इस बैल के लिए अपने जीवन को मृत्यु के मुख में क्यों डालते हैं?

तब वर्धमान ने संजीवक की रखवाली के लिए रक्षक रखकर आगे प्रस्थान किया। रक्षकों ने भी जब देखा कि जंगल अनेक शेर-बाघ-चीतों से भरा पड़ा है, तो वे भी दो-एक दिन बाद ही वहां से प्राण बचाकर भागे और वर्धमान के सामने झूठ

बोल दिया–स्वामी! संजीवक तो मर गया। हमने उसका दाह-संस्कार कर दिया। वर्धमान यह सुनकर बड़ा दुखी हुआ, किन्तु अब कोई उपाय न था।

इधर संजीवक यमुना-तट की शीतल वायु के सेवन से कुछ स्वस्थ हो गया। नदी किनारे की दूब का अगला भाग पशुओं के लिए बहुत बलदायी होता है। उसे निरन्तर खाने के बाद वह खूब मांसल और हृष्ट-पुष्ट हो गया। दिन-भर नदी किनारे को सींगों से पाटना और मदमत होकर गरजते हुए किनारों की झाड़ियों में सींग उलझाकर खेलना ही उसका काम था।

एक दिन उसी यमुना-तट पर पिंगलक नाम का शेर पानी पीने आया। वहां उसने दूर से ही संजीवक की गम्भीर हुंकार सुनी। उसे सुनकर वह भयभीत-सा होकर सिमटकर झाड़ियों में जा छिपा।

शेर के साथ दो गीदड़ भी थे, करटक और दमनक। ये दोनों सदा शेर के पीछे-पीछे रहते थे। उन्होंने जब अपने स्वामी को भयभीत देखा तो आश्चर्य में डूब गए। वन के स्वामी का इस तरह भयातुर होना सचमुच बड़े अचम्भे की बात थी। आज तक पिंगलक कभी इस तरह भयभीत नहीं हुआ था। दमनक ने अपने साथी गीदड़ से कहा–करटक! हमारा स्वामी वन का राजा है। सब पशु उससे डरते हैं। आज वही इस तरह सिमटकर डरा-सा बैठा है। वह पानी पीने के लिए यमुना-तट तक जाकर, प्यासा होकर भी लौट आया। इस डर का कारण क्या है?

करटक ने उत्तर दिया–दमनक! कारण कुछ भी हो, हमें क्या? दूसरों के काम में कौतूहलवश व्यर्थ ही हस्तक्षेप करना ठीक नहीं।

दमनक ने कहा–करटक! तुझे तो बस अपने बचे-खुचे आहार की ही चिन्ता रहती है। स्वामी के हित की तो तुझे परवाह ही नहीं।

करटक–हित-चिन्ता से क्या होता है? हमारी गिनती उनके प्रधान सहायकों में तो है नहीं। बिना पूछे सम्मति देना मूर्खता है। इससे अपमान के अतिरिक्त कुछ नहीं मिलता।

दमनक–प्रधान-अप्रधान की बात रहने दे। जो भी स्वामी की अच्छी सेवा करेगा, वह प्रधान बन जाएगा। जो सेवा नहीं करेगा, वह प्रधान-पद से भी गिर जाएगा। राजा, स्त्री और लता का यही नियम है कि वे पास रहनेवाले को ही अपनाते हैं।

करटक–तब क्या किया जाए। अपना अभिप्राय साफ़-साफ़ कह दे।

दमनक–आज हमारा स्वामी बहुत भयभीत है। उसके भय का कारण जानकर सन्धि-विग्रह-आसन-संश्रय-द्वैधीभाव आदि उपायों से हम भय निवारण की सलाह देंगे।

करटक–तुझे कैसे मालूम कि स्वामी भयभीत है?

दमनक–यह जानना कोई कठिन काम नहीं है। मन के भाव छिपे नहीं रहते। चेहरे से, इशारों से, भाषण-शैली से, आंखों की भ्रूभंगी से वे सबके सामने आ जाते हैं। आज हमारा स्वामी भयभीत है। उसके भय को दूर करके हम उसे अपने वश में कर सकते हैं। तब वह हमें अपना प्रधान सचिव बना लेगा।

करटक–तू राजसेवा के नियमों से आनभिज्ञ है, स्वामी को वश में कैसे करेगा?

दमनक–मैंने तो बचपन में अपने पिता के संग

> अपनी अज्ञानता का
> आभास ही बुद्धिमत्ता
> के मन्दिर का
> प्रथम सोपान है।
>
> **–स्पर्जन**

खेलते-खेलते राजसेवा का पाठ पढ़ लिया था। राजसेवा स्वयं एक कला है। मैं उस कला में प्रवीण हूं।

यह कहकर दमनक ने राजसेवा के नियमों का निर्देश किया। राजा को सन्तुष्ट करने और उसकी दृष्टि में सम्मान पाने के अनेक उपाय भी बतलाए। करटक दमनक की चतुराई देखकर दंग रह गया। उसने भी उसकी बात मान ली और दोनों शेर की राजसभा की ओर चल दिए।

दमनक को आता देखकर पिंगलक द्वारपाल से बोला–हमारे भूतपूर्व मन्त्री का पुत्र दमनक आ रहा है, उसे हमारे पास बे-रोक आने दो।

दमनक राजसभा में आकर पिंगलक को प्रणाम करके अपने लिए निर्दिष्ट स्थान पर बैठ गया। पिंगलक ने अपना दाहिना हाथ ऊपर उठाकर दमनक से कुशल-क्षेम पूछते हुए कहा–कहो दमनक! सब कुशल तो है? बहुत दिनों बाद आए? क्या कोई विशेष प्रयोजन है?

दमनक–विशेष प्रयोजन तो कोई भी नहीं, फिर भी सेवक को स्वामी के हित की बात कहने के लिए स्वयं आना चाहिए। राजा के पास उत्तम, मध्यम, अधम सभी प्रकार के सेवक हैं। राजा के लिए सभी का प्रयोजन है। समय पर तिनके का भी सहारा लेना पड़ता है, सेवक की तो बात ही क्या है! आपने बहुत दिन बाद आने का उपालम्भ दिया है। उसका भी कारण है। जहां कांच की जगह मणि और मणि के स्थान पर कांच जड़ा जाए, वहां अच्छे सेवक नहीं ठहरते। जहां पारखी नहीं, वहां रत्नों का मूल्य नहीं लगता। स्वामी और सेवक परस्पर आश्रयी होते हैं। उन्हें एक-दूसरे का सम्मान करना चाहिए। राजा तो सन्तुष्ट होकर सेवक को केवल सम्मान देते हैं, किन्तु सेवक सन्तुष्ट होकर राजा के लिए प्राणों की बलि तक दे देता है।

पिंगलक दमनक की बातों से प्रसन्न होकर बोला–तू तो हमारे भूतपूर्व मन्त्री का पुत्र है, इसलिए तुझे जो कहना है, निश्चिन्त होकर कह दे।

दमनक–मैं स्वामी से कुछ एकान्त में कहना चाहता हूं। चार कानों में ही भेद की बात सुरक्षित रह सकती है, छः कानों में कोई भेद गुप्त नहीं रह सकता।

तब पिंगलक ने इशारे से बाघ, रीछ, चीते आदि सब जानवरों को सभा से बाहर भेज दिया।

सभा में एकान्त होने के बाद दमनक ने शेर के कानों के पास जाकर प्रश्न किया :

स्वामी! जब आप पानी पीने गए थे, तब पानी पिए बिना क्यों लौट आए? इसका कारण क्या था?

पिंगलक ने जरा सूखी हंसी हंसते हुए उत्तर दिया–कुछ भी नहीं।

दमनक–देव! यदि वह बात कहने योग्य नहीं है तो मत कहिए। सभी बातें कहने योग्य नहीं होतीं। कुछ बातें अपनी स्त्री से भी छिपाने योग्य होती हैं। कुछ पुत्रों से भी छिपा ली जाती हैं। बहुत अनुरोध पर भी ये बातें नहीं कही जातीं।

पिंगलक ने सोचा, यह दमनक बुद्धिमान दिखता है; क्यों न इससे अपने मन की बात कह दी जाए, यह सोच वह कहने लगा :

दमनक! दूर से जो यह हुंकार की आवाज आ रही है, उसे तुम सुनते हो?

दमनक–सुनता हूं स्वामी! उससे क्या हुआ?

पिंगलक–मैं इस वन से चले जाने की सोच रहा हूं।

दमनक–किसलिए, भगवन्!

पिंगलक–इसलिए कि इस वन में यह कोई दूसरा बलशाली जानवर आ गया है; उसी का यह भयंकर घोर गर्जन है। अपनी आवाज की तरह वह स्वयं भी इतना भयंकर होगा। उसका पराक्रम भी इतना ही भयानक होगा।

दमन–स्वामी! ऊंचे शब्द-मात्र से भय करना युक्तियुक्त नहीं है। ऊंचे शब्द तो अनेक प्रकार के होते हैं। भेरी, मृदंग, पटह, शंख, काहल आदि अनेक वाद्य हैं, जिनकी आवाज बहुत ऊंची होती है। उनसे कौन डरता है? यह जंगल आपके पूर्वजों के समय का है। वे यहीं राज्य करते रहे हैं। उसे इस तरह छोड़कर जाना ठीक नहीं।

पिंगलक ने कहा–मेरे सभी साथी उस आवाज से डरकर जंगल से भागने की योजना बना रहे हैं। इन्हें किस तरह धीरज बंधाऊं?

दमनक–इसमें इनका क्या दोष? सेवक तो स्वामी का ही अनुकरण करते हैं। जैसा स्वामी होगा, वैसे ही उसके सेवक होंगे। यही संसार की रीति है। आप कुछ काल धीरज रखें, साहस से काम लें, मैं शीघ्र ही शब्द का स्वरूप देखकर आऊंगा।

पिंगलक–तू वहां जाने का साहस कैसे करेगा?

दमनक–स्वामी के आदेश का पालन करना ही सेवक का काम है। स्वामी की आज्ञा हो तो आग में कूद पड़ूं, समुद्र में छलांग मार दूं।

पिंगलक–दमनक! जाओ, इस शब्द का पता लगाओ। तुम्हारा मार्ग कल्याणकारी हो, यही मेरा आशीर्वाद है।

तब दमनक पिंगलक को प्रणाम करके संजीवक के शब्द की ध्वनि का लक्ष्य बांधकर उसी दिशा में चल दिया।

दमनक के जाने के बाद पिंगलक ने सोचा–यह बात अच्छी नहीं हुई कि मैंने दमनक का विश्वास करके उसके सामने अपने

मन का भेद खोल दिया। कहीं वह उसका लाभ उठाकर दूसरे पक्ष में मिल जाए और उसे मुझ पर आक्रमण करने के लिए उकसा दे तो बुरा होगा। मुझे दमनक का भरोसा नहीं करना चाहिए था। वह पदच्युत है, उसका पिता मेरा प्रधानमन्त्री था। एक बार सम्मानित होकर अपमानित हुए सेवक विश्वासपात्र नहीं होते। वे सदा अपने इस अपमान का बदला लेने का अवसर खोजते रहते हैं। इसलिए किसी दूसरे स्थान पर जाकर ही दमनक की प्रतिक्षा करता हूं।

यह सोचकर वह दमनक की राह देखता हुआ दूसरे स्थान पर अकेला चला गया।

दमनक जब संजीवक के शब्द का अनुकरण करता हुआ उसके पास पहुंचा तो यह देखकर उसे प्रसन्नता हुई कि वह कोई भयंकर जानवर नहीं, बल्कि सीधा-सादा बैल है। उसने सोचा, अब मैं सन्धि-विग्रह की कूटनीति से पिंगलक को अवश्य अपने वश में कर लूंगा। आपत्तिग्रस्त राजा ही मन्त्रियों के वश होते हैं।

यह सोचकर वह पिंगलक से मिलने के लिए वापस चल दिया। पिंगलक ने उसे अकेले आता देखा तो उसके दिल में धीरज बंधा।

उसने कहा–दमनक, वह जानवर देख लिया तुमने?

दमनक–आपकी दया से देखा, स्वामी!

पिंगलक–सचमुच?

दमनक–मैं स्वामी के सामने असत्य नहीं बोल सकता। आपकी तो मैं देवता की तरह पूजा करता हूं, आपसे झूठ कैसे बोल सकूँगा?

पिंगलक–सम्भव है तूने देखा हो, इसमें विस्मय क्या? और इसमें भी आश्चर्य नहीं कि उसने तुझे नहीं मारा। महान

व्यक्ति महान शत्रु पर ही अपना पराक्रम दिखाते हैं, दीन और तुच्छ जन पर नहीं। आंधी का झोंका बड़े वृक्षों को ही गिराता है, घास-पात को नहीं।

दमनक–मैं दीन ही सही, किन्तु आपकी आज्ञा हो तो मैं उस महान पशु को भी आपका दीन सेवक बना दू।

पिंगलक ने लम्बी सांस खींचते हुए कहा–यह कैसे होगा, दमनक?

दमनक–बुद्धि के बल से सब-कुछ हो सकता है, स्वामी! जिस काम को बड़े-बड़े हथियार नहीं कर सकते, उस काम को छोटी-सी बुद्धि कर देती है।

पिंगलक–यदि यही बात है तो मैं तुझे आज से अपना प्रधानमन्त्री बनाता हूं। आज से मेरे राज्य के इनाम बांटने या दंड देने के काम तेरे ही अधीन होंगे।

पिंगलक से यह आश्वासन पाने के बाद दमनक संजीवक के पास आकर अकड़ता हुआ बोला–अरे, दुष्ट बैल! मेरा स्वामी पिंगलक तुझे बुला रहा है। तू यहां नदी के किनारे व्यर्थ ही हुंकार क्यों भरता रहता है?

संजीवक–यह पिंगलक कौन?

दमनक–अरे! पिंगलक को नहीं जानता? चलकर देखेगा तो उसकी शक्ति को जान जाएगा। जंगल के सब जानवरों का स्वामी पिंगलक शेर वहां वृक्ष की छाया में बैठा है।

यह सुनकर संजीवक के प्राण सूख गए। दमनक के सामने गिड़गिड़ाता हुआ वह बोला–मित्र! तू सज्जन प्रतीत होता है। यदि तू मुझे वहां ले जाना चाहता है, तो पहले स्वामी से मेरे लिए अभय-वचन ले ले।

दमनक–तेरा कहना सच है, मित्र! तू यहीं बैठ, मैं अभय-वचन लेकर अभी आता हूं।

तब, दमनक पिंगलक के पास जाकर बोला–स्वामी! वह कोई साधारण जीव नहीं है, वह तो भगवान का वाहन बैल है। मेरे पूछने पर उसने बतलाया कि उसे भगवान ने प्रसन्न होकर यमुनातट की हरी-हरी घास खाने को यहां भेजा है। वह तो कहता है कि भगवान ने उसे यह सारा वन खेलने और चरने को सौंप दिया है।

पिंगलक–सच कहते हो, दमनक। भगवान के आशीर्वाद के बिना कौन बैल है, जो यहां इस बन में इतनी निःशंकता से घूम सके, फिर तूने क्या उत्तर दिया, दमनक?

दमनक–मैंने उसे कहा कि इस वन में तो चंडिका वाहन रूप शेर पिंगलक पहले से ही रहता है। तुम भी उसके अतिथि बनकर रहो। उसके साथ आनन्द से विचरण करो। वह तुम्हारा स्वागत करेगा।

पिंगलक–फिर उसने क्या कहा?

दमनक–उसने यह बात मान ली और कहा कि अपने स्वामी से अभय-वचन ले आओ, मैं तुम्हारे साथ चलूंगा। अब स्वामी जैसा चाहें, वैसा करूंगा।

दमनक की बात सुनकर पिंगलक बहुत प्रसन्न हुआ, बोला–बहुत अच्छा कहा, दमनक, तूने बहुत अच्छा कहा। मेरे दिल की बात कह दी। अब उसे अभय-वचन देकर शीघ्र मेरे पास ले आओ।

दमनक संजीवक के पास जाते-जाते सोचने लगा–

स्वामी आज बहुत प्रसन्न हैं, बातों ही बातों में मैंने उन्हें प्रसन्न कर लिया। आज मुझसे अधिक धन्य भाग्य कोई नहीं।

संजीवक के पास जाक दमनक सविनय बोला–मित्र! मेरे स्वामी ने तुम्हें अभय-वचन दे दिया है। मेरे साथ आ जाओ, किन्तु राजप्रासाद में जाकर अभिमानी न हो जाना, मुझसे

मित्रता का सम्बन्ध निभाना। मैं भी तुम्हारे संकेत से राज्य चलाऊंगा। हम दोनों मिलकर राज्यलक्ष्मी का भोग करेंगे।

दोनों मिलकर पिंगलक के पास गए। पिंगलक ने लख-विभूषित दाहिना हाथ उठाकर संजीवक का स्वागत किया और कहा–कल्याण हो आपका। आप इस निर्जन वन में कैसे आ गए?

संजीवक ने सब वृत्तान्त कह सुनाया। पिंगलक ने सब सुनकर कहा–मित्र! डरो मत। इस वन में मेरा ही राज्य है। मेरी भुजाओं से रक्षित वन में तुम्हारा कोई बाल भी बांका नहीं कर सकता, फिर भी, अच्छा यही है कि तुम हर समय मेरे साथ रहो। वन में अनेक भयंकर पशु रहते हैं, बड़े-बड़े हिंसक वनचरों को भी डरकर रहना पड़ता है, तुम तो फिर हो ही निरामिष-भोजी।

शेर और बैल की इस मैत्री के बाद कुछ दिन तो वन का शासन करटक-दमनक ही करते रहे, किन्तु बाद में संजीवक के सम्पर्क से पिंगलक भी नगर की सभ्यता से परिचित होता गया। संजीवक को सभ्य जीव मानकर वह उसका सम्मान करने लगा और स्वयं भी संजीवक की तरह सुसभ्य होने का यत्न करने लगा। थोड़े दिन बाद संजीवक का प्रभाव पिंगलक पर इतना बढ़ गया कि पिंगलक ने अन्य सब वनचारी पशुओं की उपेक्षा शुरू कर दी। प्रत्येक प्रश्न पर पिंगलक संजीवक के साथ ही एकान्त में मन्त्रणा किया करता। करटक-दमनक बीच में दखल नहीं दे पाते थे। संजीवक की इस मानवृद्धि से दमनक के मन में आग लग गई।

शेर व बैल की इस मैत्री का एक दुष्परिणाम यह भी हुआ कि शेर ने शिकार के काम में ढील कर दी। करटक-दमनक शेर का बंचा-खुचा मांस खाकर ही जीते थे। अब वह बचा-खुचा मांस बहुत कम हो गया था। करटक-दमनक इससे भूखे रहने लगे। तब वे दोनों इसका उपाय सोचने लगे।

दमनक बोला–करटक भाई! यह तो अनर्थ हो गया। शेर की दृष्टि में महत्त्व पाने के लिए ही तो मैंने संजीवक को शेर से मिलाया था। अब उसका परिणाम सर्वथा विपरीत हो रहा है। संजीवक को पाकर स्वामी ने हमें बिलकुल भुला दिया है। हम ही क्या, सारे वनचरों को उसने भुला दिया है। यहां तक कि अपना काम भी वह भूल गया है।

करटक ने कहा–किन्तु इसमें भूल किसकी है? तूने ही दोनों की भेंट कराई थी। अब तू ही कोई उपाय कर, जिससे इन दोनों में बैर हो जाए।

दमनक–जिसने मेल कराया है, वह फूट भी डाल सकता है।

करटक–यदि इनमें से किसी को भी यह ज्ञान हो गया कि तू फूट कराना चाहता है, तो तेरा कल्याण नहीं।

दमनक–मैं इतना कच्चा खिलाड़ी नहीं हूं। सब दाव-पेंच जानता हूं।

करटक–मुझे तो फिर भी भय लगता है। संजीवक बुद्धिमान है, वह ऐसा नहीं होने देगा।

दमनक–भाई मेरा बुद्धि-कौशल सब करा देगा। बुद्धि के बल से असम्भव भी सम्भव हो जाता है। जो काम शस्त्रास्त्र से नहीं हो पाता, वह बुद्धि से हो जाता है। तेरी सलाह हो तो मैं भी अपनी बुद्धि से। उनमें फुट डलवा दूं।

> सर्वोत्तम मनुष्य वे नहीं हैं जो अवसरों की बाट जोहते हैं। अपितु वे हैं जो अवसर को अपना दास बना लेते हैं।
>
> **–ई. एच. चेपिन**

अपनी प्रभुता जमाने का यही मार्ग है। मैत्री-भेद किए बिना काम नहीं चलेगा।

करटक–मेरी भी यही राय है। तू उनमें भेद कराने का यत्न कर। ईश्वर करे तुझे सफलता मिले।

वहां से चलकर दमनक पिंगलक के पास आया। उस समय पिंगलक के पास संजीवक नहीं बैठा था। पिंगलक ने दमनक को बैठने का इशारा करते हुए कहा–कहो दमनक! बहुत दिन बाद दर्शन दिए!

दमनक–स्वामी! आपको अब हमसे कुछ प्रयोजन ही नहीं रहा तो आने का क्या लाभ? फिर भी आपके हित की बात कहने को आपके पास आ जाता हूं। हित की बात बिना पूछे भी कह देनी चाहिए।

पिंगलक–जो कहना हो, निर्भय होकर कहो। मैं अभय-वचन देता हूं।

दमनक–स्वामी! संजीवक आपका मित्र नहीं बैरी है। एक दिन उसने मुझे एकान्त में कहा था कि पिंगलक का बल मैंने देख लिया, उसमें विशेष सार नहीं है। उसको मारकर मैं तुझे मन्त्री बनाकर सब पशुओं पर राज्य करूंगा।

दमनक के मुख से उन वज्र की तरह कठोर शब्दों को सुनकर पिंगलक ऐसा चुप रह गया मानो मूर्च्छा आ गई। दमनक ने जब पिंगलक की यह अवस्था देखी तो सोचा, पिंगलक का संजीवक से प्रगाढ़ स्नेह है, संजीवक ने इसे वश में कर रखा है। जो राजा इस तरह मन्त्री के वश में हो जाता है, वह नष्ट हो जाता है। यह सोचकर उसने पिंगलक के मन से संजीवक का जादू मिटाने का निश्चय और भी पक्का कर लिया।

पिंगलक ने थोड़ा होश में आकर किसी तरह धैर्य धारण करते हुए कहा–दमनक! संजीवक तो हमारा बहुत ही

विश्वासपात्र नौकर है। उसके मन में मेरे लिए बैर-भावना नहीं हो सकती।

दमनक–स्वामी! आज जो विश्वासपात्र है, वही कल विश्वासघातक बन जाता है। राज्य का लोभ किसी के भी मन को चंचल बना सकता है। इसमें अनहोनी की कोई बात नहीं।

पिंगलक–दमनक! फिर भी मेरे मन में संजीवक के लिए द्वेष-भावना नहीं उठी। अनेक दोष होने पर भी प्रियजनों को छोड़ा नहीं जाता। जो प्रिय है, वह प्रिय ही रहता है।

दमनक–यही तो राज्य-संचालंन के लिए बुरा है। जिसे भी आप स्नेह का पात्र बनाएंगे, वही आपका प्रिय हो जाएगा। इसमें संजीवक की कोई विशेषता नहीं, विशेषता तो आपकी है। आपने उसे अपना प्रिय बना लिया, तो वह बन गया, अन्यथा उसमें गुण ही कौन-सा है? आप यह समझते हैं कि उसका शरीर बहुत भारी है और शत्रु-संहार में सहायक होगा, तो यह आपकी भूल है। वह तो घास-पात खानेवाला जीव है; आपके शत्रु तो सभी मांसाहारी हैं, अतः उसकी सहायता से शत्रु-नाश नहीं हो सकता। आज वह आपको धोखे से मारकर राज्य करना चाहता है। अच्छा है कि उसका षड्यन्त्र पकने से पहले ही उसको मार दिया जाए।

पिंगलक–दमनक! जिसे हमने पहले गुणी मानकर अपनाया है, उसे राज्यसभा में आज निर्गुण कैसे कह सकते हैं? फिर तेरे कहने से ही तो मैंने उसे अभय-वचन दिया था। मेरा मन कहता है कि संजीवक मेरा मित्र है, मुझे उसके प्रति कोई क्रोध नहीं है। यदि उसके मन में बैर आ गया है तो भी मैं उसके प्रति बैर-भावना नहीं रखता। अपने हाथों लगाया विष-वृक्ष भी अपने हाथों नहीं काटा जाता।

दमनक–स्वामी! यह आपकी भावुकता है। राजधर्म इसका आदेश नहीं देता। बैर-बुद्धि रखनेवाले को क्षमा करना राजनीति

की दृष्टि से मूर्खता है। आपने उसकी मित्रता के वश में आकर सारा राजधर्म भुला दिया है। आपके राजधर्म से च्युत होने के कारण ही जंगल के अन्य पशु आपसे विरक्त हो गए हैं। सच तो यह है कि आपमें और संजीवक में मैत्री होना स्वाभाविक ही नहीं है। आप मांसाहारी हैं, वह निरामिषभोजी। यदि आप उस घास-पात खानेवाले को अपना मित्र बनाएंगे तो अन्य पशु आपसे सहयोग करना बन्द कर देंगे। यह भी आपके राज्य के लिए बुरा होगा। उसके संग से आपकी प्रकृति में भी वे दुर्गुण आ जाएंगे जो शाकाहारियों में होते हैं। शिकार से आपको अरुचि हो जाएगी। आपका सहवास अपनी प्रकृति के पशुओं से ही होना चाहिए। इसीलिए साधु लोग नीच का संग छोड़ देते हैं। इसीलिए मैं कहता हूं कि संजीवक को मार दें, अन्यथा वह आपको मार देगा, अथवा उसकी संगति से आप जब स्वभाव-विरुद्ध काम करेंगे, अपनों को छोड़कर परायों को अपनाएंगे, तो आप पर आपत्ति आ जाएगी। मैं कहता हूं कि जो आत्मीयों को दुत्कार परायों को अपनाता है, उसका नाश हो जाता है।

दमनक की बात सुनकर पिंगलक ने कहा–दमनक! अपनी बात को तुम्हें प्रमाणित करना होगा। इसका क्या प्रमाण है कि संजीवक मुझे द्वेष-भाव से देखता है?

दमनक–इसका प्रमाण आप स्वयं अपनी आंखों से देख लेना। आज सुबह ही उसने मुझसे यह भेद प्रकट किया है कि कल वह आपका वध करेगा। कल यदि आप उसे अपने दरबार में लड़ाई के लिए तैयार देखें, उसकी आंखें लाल हों, होंठ फड़कते हों, एक ओर बैठकर आपको क्रूर-वक्र दृष्टि से देख रहा हो, तब आपको मेरी बात पर स्वयं विश्वास हो जाएगा।

शेर पिंगलक को संजीवक बैल के विरुद्ध उकसाने के बाद दमनक संजीवक के पास आया। संजीवक ने जब उसे घबराए हुए आते देखा तो पूछा–मित्र! स्वागत हो। क्या बात है? बहुत दिन बाद आए? कुशल तो है।

दमनक–राजसेवकों के कुशल का क्या पूछना? उनका चित सदा अशान्त रहता है। स्वेच्छा से वे कुछ भी नहीं कह सकते, निःशंक होकर एक शब्द भी नहीं बोल सकते। इसलिए सेवावृत्ति को सब वृत्तियों से अधम कहा जाता है।

संजीवक–मित्र! आज तुम्हारे मन में कोई विशेष बात कहने को है, वह निश्चिन्त होकर कहो। साधारणतया राज सचिवों को सब-कुछ गुप्त रखना चाहिए, किन्तु मेरे-तुम्हारे बीच कोई पर्दा नहीं है। तुम बेखटके अपने दिल की बात मुझसे कह सकते हो।

दमनक–आपने अभय-वचन दिया है, इसलिए मैं कहे देता हूं। बात यह है कि पिंगलक के मन में आपके प्रति पाप-भावना आ गई है। आज उसने मुझे बिलकुल एकान्त में बुलाकर कहा है कि कल सुबह ही वह आपको मार कर अन्य मांसाहारी जीवों की भूख मिटाएगा।

दमनक की बात सुनकर संजीवक देर तक हतप्रभ-सा रहा, मूर्च्छा-सी छा गई उसके शारीर में। कुछ चेतना आने के बाद तीव्र वैराग्य-भरे शब्दों में बोला–राजसेवा सचमुच बड़ा धोखे का काम है। राजाओं के दिल होता ही नहीं। मैंने भी शेर से मैत्री करके मूर्खता की। समान बल-शीलवालों से मैत्री होती है, समान शील-व्यसनवाले ही सखा बन सकते हैं। अब यदि मैं उसे प्रसन्न करने की चेष्टा करूंगा तो भी व्यर्थ है, क्योंकि जो किसी कारणवश क्रोध करे, उसका क्रोध उस कारण से दूर होने पर दूर किया जा सकता है, लेकिन जो अकारण ही कुपित हो, उसका कोई उपाय नहीं है। निश्चय ही पिंगलक के पास रहनेवाले जीवों ने ईर्ष्यावश उसे मेरे विरुद्ध उकसा दिया। सेवकों में प्रभु की प्रसन्नता पाने की होड़ लगी ही रहती है। वे एक-दूसरे की वृद्धि सहन नहीं करते।

दमनक–मित्रवर! यदि यही बात है, तो मीठी बातों से अब राजा पिंगलक को प्रसन्न किया जा सकता है। वही उपाय करो।

संजीवक–नहीं दमनक! यह उपाय सच्चा उपाय नहीं है। एक बार तो मैं राजा को प्रसन्न कर लूंगा, किन्तु उसके पास वाले कपटी लोग फिर किन्हीं दूसरे झूठे बहानों से उसके मन में मेरे लिए जहर भर देंगे और मेरे वध का उपाय करेंगे। मैं कहता हूं कि छल-कपट से भरे वचन सुनकर किसी को उन पर विश्वास नहीं करना चाहिए, और यह कि राजा के अनुचर जिसे मरवाना चाहें उसे किसी-न-किसी उपाय से मरवा ही देते हैं। निस्सन्देह किसी नीच ने मेरे विरुद्ध राजा पिंगलक को उकसा दिया है। अब दमनक भाई! मैं एक मित्र के नाते तुझसे पूछता हूं कि मुझे क्या करना चाहिए?

दमनक–मैं तो समझता हूं कि ऐसे स्वामी की सेवा का कोई लाभ नहीं। अच्छा है कि तुम यहां से जाकर किसी दूसरे देश में घर बनाओ। ऐसी उलटी राह पर चलनेवाले स्वामी का परित्याग करना ही अच्छा है।

संजीवक–दूर जाकर भी अब छुटकारा नहीं है। बड़े लोगों से शत्रुता लेकर कोई शान्ति से नहीं बैठ सकता। अब तो युद्ध करना ही ठीक जंचता है। युद्ध में एक बार ही मौत मिलती है, किन्तु शत्रु से डरकर भागनेवाला तो प्रतिक्षण चिन्तित रहता है। उस चिन्ता से एक बार की मृत्यु कहीं अच्छी है।

दमनक ने जब संजीवक को युद्ध करने के लिए तैयार देखा तो वह सोचने लगा, कहीं ऐसा न हो कि यह अपने पैने सींगों से स्वामी पिंगलक का पेट फाड़ दे। ऐसा हो गया, तो महान अनर्थ हो जाएगा। इसलिए वह फिर संजीवक को देश छोड़कर जाने के लिए प्रेरित करता हुआ बोला–

मित्र! तुम्हारा कहना भी सच है। किन्तु स्वामी और नौकर के युद्ध से क्या लाभ? विपक्षी बलवान हो तो क्रोध को पी जाना ही बुद्धिमत्ता है। बलवान से लड़ना अच्छा नहीं। मैं कहता हूं कि शत्रु पक्ष का बल जानकर ही युद्ध के लिए तैयार होना चाहिए।

संजीवक–दमनक! यह बात तो सच है, किन्तु मुझे यह कैसे पता लगेगा कि पिंगलक के मन में मेरे लिए हिंसा के भाव हैं। आज तक वह मुझे सदा स्नेह की दृष्टि से देखता रहा है। उसकी वक्र-दृष्टि का मुझे कोई ज्ञान नहीं है। मुझे उसके लक्षण बतला दो तो मैं उन्हें जानकर आत्मरक्षा के लिए तैयार हो जाऊंगा।

दमनक–उन्हें जानना कुछ भी कठिन नहीं है। यदि उसके मन में तुम्हें मारने का पाप होगा तो उसकी आंखें लाल हो जाएंगी, भवें चढ़ जाएंगी और वह होंठों को चाटता हुआ तुम्हारी ओर क्रूर दृष्टि से देखेगा। अच्छा तो यह है कि तुम रातों-रात चुपके से चले जाओ। आगे तुम्हारी इच्छा। यह कहकर दमनक अपने साथी करटक के पास आया। करटक ने उससे भेंट करते हुए पूछा–कहो, दमनक! कुछ सफलता मिली तुम्हें अपनी योजना में?

दमनक–मैंने तो नीतिपूर्वक जो कुछ भी करना उचित था, कर दिया। आगे सफलता दैव के अधीन है। पुरुषार्थ करने के बाद भी यदि कार्यसिद्धि न हो तो हमारा दोष नहीं।

करटक–तेरी क्या योजना है? किस तरह नीतियुक्त काम किया है तूने? मुझे भी बता।

दमनक–मैंने झूठ बोलकर दोनों को एक-दुसरे का ऐसा बैरी बना दिया है कि वे भविष्य में कभी एक-दुसरे का विश्वास नहीं करेंगे।

करटक–यह तूने अच्छा नहीं किया, मित्र! दो स्नेही हृदयों में द्वेष का बीज बोना बुरा काम है।

दमनक–करटक! तू नीति की बातें नहीं जानता, तभी ऐसा कहता है। संजीवक ने हमारे मन्त्री पद को हथिया लिया था। वह हमारा शत्रु था। शत्रु को परास्त करने में धर्म-अधर्म नहीं देखा जाता। आत्मरक्षा सबसे बड़ा धर्म है। स्वार्थ-साधन ही सबसे महान कार्य है।

दमनक के जाने के बाद संजीवक ने सोचा, मैंने यह अच्छा नहीं किया जो शाकाहारी होने पर मांसाहारी से मैत्री की, किन्तु अब क्या करूँ? क्यों न अब फिर पिंगलक की शरण जाकर उससे मित्रता बढ़ाऊं? दूसरी जगह अब मेरी गति भी कहां है?

यही सोचता हुआ वह धीरे-धीरे शेर के पास चला। वहां जाकर उसने देखा कि पिंगलक शेर के मुख पर वही भाव अंकित थे जिसका वर्णन दमनक ने कुछ समय पहले किया था। पिंगलक को इतना क्रुद्ध देखकर संजीवक आज जरा दूर हटकर बिना प्रणाम किए बैठ गया। पिंगलक ने भी आज संजीवक के चेहरे पर वही भाव अंकित देखे, जिनकी सूचना दमनक ने पिंगलक को दी थी। दमनक की चेतावनी स्मरण करके पिंगलक संजीवक से कुछ भी पूछे बिना उस पर टूट पड़ा। संजीवक इस अचानक आक्रमण के लिए तैयार नहीं था। किन्तु जब उसने देखा कि शेर उसे मारने को तैयार है, तो वह भी सींगों को तानकर अपनी रक्षा के लिए तैयार हो गया।

उन दोनों को एक-दूसरे के विरुद्ध भयंकरता से युद्ध करते देखकर करटक ने कहा–दमनक! तूने दो मित्रों को लड़वाकर अच्छा नहीं किया। तुझे सामनीति से काम लेना चाहिए था। अब यदि शेर का वध हो गया तो हम क्या करेंगे? सच तो यह है कि तेरे जैसा नीच स्वभाव का मन्त्री कभी अपने स्वामी का कल्याण नहीं कर सकता। अब भी कोई उपाय है तो कर। तेरी सब प्रवृत्तियां केवल विनाशोन्मुख हैं। जिस राज्य का तू मन्त्री होगा, वहां भद्र और सज्जन व्यक्तियों का प्रवेश ही नहीं होगा। परन्तु अब तुझे उपदेश देने का क्या लाभ? उपदेश भी पात्र को दिया जाता है। तू उसका पात्र नहीं है, तुझे उपदेश देना व्यर्थ है। तूने भी उपाय तो किया, किन्तु अपाय की चिन्ता नहीं की। तेरे जैसे पापबुद्धि के साथ रहना भी दोषपूर्ण है। आज से तू मेरे पास मत आना। जिस स्थान पर ऐसे अनर्थ हों, वहां से दूर ही रहना चाहिए। इसीलिए मैं मूर्ख मित्र की अपेक्षा विद्वान शत्रु को अच्छा समझता हूं।

इधर दमनक-करटक बातचीत कर रहे थे, उधर शेर और बैल का संग्राम चल रहा था। शेर ने थोड़ी देर बाद बैल को इतना घायल कर दिया कि वह जमीन पर गिरकर मर गया।

मित्र-हत्या के बाद पिंगलक को बड़ा पश्चात्ताप हुआ, किन्तु दमनक ने आकर पिंगलक को फिर राजनीति का उपदेश दिया। पिंगलक ने दमनक को फिर अपना प्रधानमन्त्री बना लिया। दमनक की इच्छा पूरी हुई। पिंगलक दमनक की सहायता से राज्यकार्य करने लगा।

☆ दूसरों की बहुत-सी ग़लतियों, बातों को छोड़ दीजिए या माफ़ कर दीजिए परन्तु अपनी एक भी नहीं।

☆ जब कोई मूर्ख आदमी ऐसा काम करता है जिसके लिए वह शर्मिन्दा हो, तो वह हमेशा साफ़-साफ़ बता देता है कि यह उसका कर्तव्य है।

☆ एक जॉब और एक कैरियर में उतना ही फ़र्क़ है, जितना कि एक हफ़्ते में चालीस घंटे और साठ घंटे काम करने का है।

केवल जीवन की असफलताएं ही सद्‌गुणों से वंचित रखती हैं।

–महात्मा गांधी

☆ खींचने के लिए अक्सर थोड़े से संघर्ष/रगड़ की ज़रूरत पड़ती है।

☆ अच्छा पुरस्कार मिलना या न मिलना निर्भर करता है : ज़िन्दगी द्वारा कुछ महत्त्वपूर्ण करने के कड़े परिश्रम के दिए गए अवसर पर।

चलिए हम एक मदारीवाले से सबक लें। वह अपना काम बहुत अच्छी तरह करता है और तनावमुक्त रहता है, क्योंकि वह एक समय में एक ही गेंद पर ध्यान देता है।

☆ ऐसे बहुत से कर्मचारी हैं जो नौकरी से ही रिटायर हो गए हैं।

☆ किसी भी नौजवान के लिए कैरियर से सम्बन्धित बेहतरीन मशविरा यह हो सकता है : कोई ऐसा काम ढूंढ़ा जाए जिसे आप बढ़िया तरीक़े से कर सकें और उसे करने पर आपको कुछ पैसा भी मिले।

☆ कर्तव्य इस बात का ज़ोरदार तरीक़े से दावा करता है कि मामूली चीज़ें पेचीदी होती हैं।

☆ जब आपके पास बहुत सारे नापसन्द काम हों, तो सबसे पहले वह काम करें जो आपको सबसे ज़्यादा अरुचिकर हो।

☆ आपको सब चीज़ें एक ही शख़्स में नहीं मिल सकतीं।

बॉस हमेशा सही है...

लोग क्या कहते हैं	मेरे लिए	मेरे बॉस के लिए
जब बात करते हैं	मैं बातूनी हूं	वो सामाजिक हैं
जब लोगों के साथ घुलमिल जाएं	मैं सस्ती लोकप्रियता चाहता हूं	वो मिलनसार हैं
जब जल्दी जाएं	मैं छूट का दुरुपयोग करता हूं	वो एड्जेस्ट्मेंट करते हैं
जब महिलाओं के साथ घुलें-मिलें	मैं हमेशा महिलाओं के पीछे रहता हूं	वो चिताकर्षक हैं
जब लेट उठें	मैं आलसी हूं	वो देर रात तक काम कर रहे थे
जब दूसरों को सही रास्ता बताएं	मैं दिखावा करता हूं	वो दूसरों का मार्गदर्शन करते हैं
जब कोई केस लटका हो	मैं अयोग्य हूं	वो व्यवहारकुशल हैं
जब किसी काम में ज़्यादा समय लगे	मैं धीमा हूं	वो मेहनती हें
जब कोई काम न हो	मैं आलसी हूं	वो बहुत व्यस्त हैं
जब कोई ग़लती हो जाए	मैं लापरवाह हूं	वो एक इनसान हैं
जब एक काम बिना बताए कर लिया जाए	मैं अपनी जिम्मेदारियों की हद पार करता हूं	वो अपनी पहल पर काम करते हैं
जब कोई निर्णय लिया जाए	मैं ज़िद्दी हूं	वो निश्चित हैं
जब कोई शिष्टाचार अनदेखा किया जाए	मैं दुर्व्यवहारी हूं	वो सुधरते हैं
जब प्रगति हो जाए	मुझे अवसर मिला हे	वो बहुत मेहनती हैं
जब स्थिति से निपटा जाए	मैं अवसरवादी हूं	वो निश्चित रूप से कर लेंगे
जब लॉटरी लग जाए	मैं लोभी हूं	वो हमेशा ही भाग्यशाली हैं
जब सैर के लिए निकलें	मैं मटरगश्ती करता हूं	वो अपनी सेहत का ध्यान रखते हैं।

☆ आप एक आदमी को तब तक नियन्त्रित नहीं रख सकते, जब तक आप उसके साथ दबकर नहीं रहते।

☆ अधिकतर लोगों को जब नौकरी मिल जाती है, तो वे काम करना बन्द कर देते हैं।

☆ मानव स्वभाव का रहस्यमय सिद्धान्त यह है कि उसकी याचना की प्रशंसा की जाए।

☆ लोगों के साथ काम करना मुश्किल तो है, लेकिन नामुमकिन नहीं।

☆ एक महान संगीतकार काम इसलिए नहीं करता कि वो प्रेरित है, बल्कि इसलिए प्रेरित होता है क्योंकि वो काम करता है। वो प्रेरणा के इन्तज़ार में अपना समय बर्बाद नहीं करता।

☆ अगर आप चाहते हैं कि काम हो जाए तो आप इसे किसी व्यस्त अधिकारी को सौंप दें, और वो इसे अपने सेक्रेटरी को दे देगा।

☆ एक व्यक्ति की उपस्थिति में उसकी प्रशंसा करते हुए संयम बरतें, लेकिन जब वो अनुपस्थित हो तब सारा श्रेय उसी को दें।

☆ मेढक ने हाथी जेसा दिखने की कोशिश की...और वह फट गया।

पंचतंत्र की एक कहानी के नायक चंडख नामक गीदड़ ने भी ऐसी ही एक कोशिश की :

रंगा सियार

एक दिन जंगल में रहनेवाला चंडख नाम का गीदड़ भूख से तड़पता हुआ लोभ-वश नगर में भूख मिटाने के लिए आ पहुंचा।

उसके नगर में प्रवेश करते ही नगर के कुत्तों ने भौंकते-भौंकते उसे घेर लिया और नोचकर खाने लगे। कुत्तों से किसी तरह जान बचाकर चंडख भागा। भागते-भागते जो भी दरवाज़ा पहले मिला उसी में घुस गया। वह एक धोबी के मकान का दरवाज़ा था। मकान के अन्दर एक बड़ी कड़ाही में धोबी ने नील घोलकर नीला पानी बनाया हुआ था। कड़ाही नीले पानी से भरी थी। गीदड़ जब डरा हुआ अन्दर घुसा, तो अचानक उस कड़ाही में जा गिरा। वहां से निकला तो उसका रंग बदला हुआ था। अब वह बिलकुल नीले रंग का हो गया। नीले रंग में रंगा हुआ चंडख जब वन में पहुंचा, तो सभी पशु उसे देखकर चकित रह गए। वैसे रंग का जानवर उन्होंने आज तक नहीं देखा था।

उसे विचित्र जीव समझकर शेर, बाघ, चीते भी डर-डरकर जंगल से भागने लगे। सबने सोचा, न जाने इस विचित्र पशु में कितना सामर्थ्य हो। इससे डरना ही अच्छा है।

चंडख ने जब सब पशुओं को डरकर भागते देखा, तो उन्हें बुलाकर बोला–पशुओ! मुझसे डरते क्यों हो? मैं तुम्हारी रक्षा के लिए यहां आया हूं। त्रिलोक के राजा ब्रह्मा ने मुझे आज

ही कहा था कि आजकल चौपायों का कोई राजा नहीं है। सिंह, मृग आदि सब राजाहीन हैं। आज मैं तुझे उन सबका राजा बनाकर भेजता हूं। तू वहां जाकर सबकी रक्षा कर। इसीलिए मैं यहां आ गया हूं। मेरी छत्रछाया में सब पशु आनन्द से रहेंगे। मेरा नाम ककुदद्रुम राजा है।

यह सुनकर शेर, बाघ आदि पशुओं ने चंडख को राजा मान लिया और बोले–स्वामी! हम आपके दास हैं, आज्ञापालक हैं। आगे से आपकी आज्ञा का ही पालन करेंगे।

चंडख ने राजा बनने के बाद शेर को अपना प्रधानमन्त्री बनाया, बाघ को नगर-रक्षक और भेड़िये को सन्तरी बनाया। अपने आत्मीय गीदड़ों को जंगल से बाहर निकाल दिया। उनसे बात भी नहीं की।

उसके राज्य में शेर आदि जीव छोटे-छोटे जानवरों को मारकर चंडख को भेंट करते थे। चंडख उनमें से कुछ भाग खाकर शेष अपने नौकर-चाकरों में बांट देता था।

कुछ दिन तो उसका राज्य बड़ी शान्ति से चलता रहा, किन्तु एक दिन अनर्थ हो गया।

उस दिन चंडख को दूर से गीदड़ों की किलकारियां सुनाई दीं। उन्हें सुनकर चंडख का रोम-रोम खिल उठा। खुशी में पागल वह भी किलकारियां मारने लगा।

शेर-बाघ आदि पशुओं ने जब उसकी किलकारियां सुनीं, तो वे समझ गए कि यह चंडख ब्रह्मा का दूत नहीं बल्कि मामूली गीदड़ है। अपनी मूर्खता पर लज्जा से सिर झुकाकर वे आपस में सलाह करने लगे-इस गीदड़ ने हमें ख़ूब मूर्ख बनाया! इसे इसका दंड दो, इसे मार डालो।

☆ व्यापारी इस बात को महसूस करने लगे हैं कि व्यापार के लिए शिक्षा ठीक वैसी ही है जैसी कृषि के लिए खाद।

☆ गौरैया को यह देखकर बड़ा अफ़सोस होता है कि बेचारे मोर को कितनी भारी पूंछ को ढोना पड़ रहा है।

☆ महान लोग महान नेताओं से प्रभावित होते हैं। और महान प्रबन्धक महान लोगों के लिए काम करते हुए अपना काम समाप्त करते हैं।

☆ लोग, सफल लोगों की ओर उस समय ध्यान देते हैं या अनुसरण करते हैं जब वे शिखर पर होते हैं। वे उनकी अनेकों सालों की कड़ी मेहनत, असफलताएं, अवसाद, दबाव और समस्याओं को अनदेखा कर देते हैं, जो कि उनके इस वर्तमान से जुड़े हैं।

☆ किसी संस्था में काम में श्रेष्ठता तब आती है, जब कर्मचारी छोटी-सी बात पर भी ध्यान दें, पहली बार में ही काम ठीक करें और आपस में अच्छा ताल-मेल रखें।

> बिना सोचे बोलना
> बिना निशाने की
> गोली चलाना है।
>
> **–अनाम**

एक व्यक्ति ही बदलाव लाता है...

'लीडर' शब्द लॉर्ड से बना है, जिसका मतलब पुराने समय में नॉर्वे में था-समुद्र में जहाज़ का रास्ता।

लीडर को ही कप्तान भी माना जाता था, जो कि परिचालक और मार्गदर्शक भी होता था।

अब, कोई, चाहे देश का लीडर हो, बिजनेस का हो, एक विभाग का हो या एक घर का, उसमें ये ख़ूबियां होनी चाहिए :

–गहराई से सोचने की क्षमता।

–प्रभावपूर्ण ढंग से बातचीत करने की क्षमता।

–भविष्य को जान लेने की क्षमता और समय-समय पर ज़रूरी सुधारात्मक क़दम उठाए।

किसी भी समूह का प्रतिबिम्ब और चरित्र उसके लीडर के प्रतिबिम्ब का प्रतिबिम्ब होते हैं...वह व्यक्ति जो कि सभी बदलाव कठता है।

मौन ही : विधाता का वरदान

स्वायत्तमेकान्तगुणं विधात्रा विनिर्मितं छादनमज्ञतायाः।
विशेषतः सर्वविदां समाजे विभूषणं मौनमपण्डितानाम् ॥

विधाता ने मनुष्य को भाषा-वरदान दिया है। भाषा के माध्यम से वह अपने भावों को व्यक्त कर सकता है और विचार-विनिमय द्वारा ज्ञान की वृद्धि करता हुआ उन्नति के शिखर तक पहुंच सकता है। मानव-समाज ने भाषा के प्रयोग से सर्वांगीण उन्नति की है। किन्तु भाषा का ऐसा दुरुपयोग भी हुआ है कि कई बार भाषा ही समय, समाज का अभिशाप बन जाती है। भाषा का प्रयोग सचाई को छिपाने, सरल प्रकृति के व्यक्तियों को ठगने और झूठ का प्रचार करने में अधिक होने लगता है। भाषा का आडम्बर हितकर होने के स्थान पर अहितकर अधिक होने लगा है।

इसीलिए मानव–समाज के अत्यधिक हितैषी सन्तों या विद्वानों ने मौन की महिमा गाई है। भाषा-कोश के प्रकांड पंडित होते हुए भी उन्होंने मौन को अपनाया है। मौन धारण से उनकी चिन्तन-शक्ति में असाधारण वृद्धि भी हुई है। मौन ने उन्हें मिथ्या-भाषण से भी बचाया है।

कम बोलने या मौन से जिनका लाभ हुआ है, ऐसे दूसरे प्रकार के व्यक्ति वे हैं जिन्होंने चिन्तन का अभ्यास नहीं किया एवं जो वाचाल विद्वानों के बीच तब तक मूर्ख कहलाते हैं जब तक वे समय-असमय निरंकुश बोलते रहते हैं। वाणी का मौन उनके लिए वरदान सिद्ध होता है। मौन के कारण उनके ज्ञान की गहराई को या उथलेपन को मापा नहीं जा सकता। इसलिए उन्हें स्वभाव से सन्त और उनकी विद्वता को अथाह मान लिया जाता है। व्यावहारिक नीति यही है कि अपेक्षाकृत कम चिन्तनशील व्यक्ति मौन को अपना कवच बना ले। ऐसे व्यक्ति का मौन ही उसका आभूषण बन जाता है। मौन के अनेक गुणों में यह गुण भी कम महत्त्वपूर्ण नहीं।

☆ लोग अपने काम में ख़ुश रहें, इसके लिए तीन चीज़ो की ज़रूरत होती है :

1. वे इसके लिए उपयुक्त हों।
2. वे इसे बहुत ज़्यादा न करें।
3. उनमें सफलता पाने की इच्छा हो।

☆ भीड़ के पास सिर तो कई हैं, पर दिमाग़ एक भी नहीं।

☆ कम्प्यूटर ग़लती नहीं करते, लोग करते हैं।

यहां तक कि राजा भी। जिसने एक बंदर को अपना मित्र बनाया औब दोस्त की मूर्खता पर पछता भी न पाया। पढ़िए पंचतंत्र की यह कहानी :

मूर्ख मित्र

किसी राजा के राजमहल में एक बन्दर सेवक के रूप में रहता था। वह राजा का बहुत विश्वासपात्र और भक्त था। अन्तःपुर में भी वह बेरोक-टोक जा सकता था।

एक दिन जब राजा सो रहा था और बन्दर पंखा झल रहा था, तो बन्दर ने देखा एक मक्खी बार-बार राजा की छाती पर बैठ जाती थी। पंखे से बार-बार हटाने पर भी वह मानती नहीं थी, उड़कर फिर वहीं बैठ जाती थी।

बन्दर को क्रोध आ गया। उसने पंखा छोड़कर हाथ में तलवार ले ली। और इस बार जब मक्खी राजा की छाती पर बैठी तो उसने पूरे बल से मक्खी पर तलवार का हाथ छोड़ दिया। मक्खी तो उड़ गई, किन्तु राजा की छाती तलवार की चोट से दो टुकड़े हो गई। राजा मर गया।

☆ अगर आप एक बॉस हैं ओर आपके लोग आपसे तब खुलकर लड़ते हैं जब वो सोचते हें कि आप ग़लत हैं–तो यह लाभप्रद है। अगर आपके लोग आपकी उपस्थिति में एक-दूसरे से अपने विचारों पर खुलकर लड़ते हैं–यह भी लाभप्रद है। लेकिन सारे संघर्ष यानी विरोध आमने-सामने रखें।

ग्राहक यानी बॉस

☆

ग्राहक ही लाभ है
बाक़ी तो सब ऊपरी ख़र्चा है

अभी तक आपने बॉस के बारे में पढ़ा, बॉस के नज़रिये के बारे में पढ़ा, उसकी ख़ूबियों और ख़ामियों के बारे में पढ़ा, और कर्मचारियों अथवा सहकर्मियों के साथ पेश आने के उसके विभिन्न रूपों के बारे में पढ़ा यानी आपने बॉस के गुण और गुर, दोनों के बारे में पढ़ा। अब आप पढ़िए कि ऐसे जबरदस्त 'बॉस' के साथ कैसे डील किया जाता है।

बॉस यानी ग्राहक। ग्राहक यानी बॉस। यह कस्टमराइज़ेशन का एक सूत्र है। और आधुनिक युग का एक लुभावना नारा है कि अगर आप एक सेल्समैन बन सकते हैं तो दुनिया आपके क़दमों में है। मतलब कि सेल्समैन एक परफ़ेक्ट आदमी होना चाहिए। एक ऐसा आदमी जो अपनी ख़ूबियों को, अपनी योग्यताओं को, अपनी सेवाओं और वस्तुओं को सफल तरीक़े से बेच सके।

जहां तक ग्राहक और सेल्समैन के रिश्ते की बात है तो हर दुकानदार, हर सेल्समैन अपने ग्राहक को ख़ुश-ख़ुश ही अपने शोरूम से विदा करना चाहता है। या यूं कहें

कि ग्राहक की सन्तुष्टि ही ग्राहक के प्रति उत्तरदायित्व का मूल है। जिस बिज़नेस में ग्राहक के प्रति जितनी ज़्यादा ज़िम्मेदारियां, जवाबदेहियां समझी जाएंगी, वह उतना ही फलेगा-फूलेगा।

ग्राहक ही वो आधार है जो किसी भी व्यवसाय को बुलन्दियों पर पहुंचा सकता है या उसे मिट्टी में मिला सकता है। अब यह व्यवसायी पर निर्भर करता है कि वह ग्राहकों को क्या करके आंकता है, उनको कितनी अहमियत देता है। कहा भी जाता है कि एक सन्तुष्ट ग्राहक आपका सब-कुछ होता है, यानी वो आपका माल ख़रीदकर आपको पैसा देता है जिससे आप अपने लिए सुविधाएं जुटाते हैं। सन्तुष्ट ग्राहक आपका सर्वश्रेष्ठ विज्ञापन भी होता है क्योंकि वह लोगों को आपकी चीजों के बारे में बताता है।

ग्राहक कैसे बनाए जाते हैं, उनकी संख्या में कैसे इजाफा किया जाता है, पुराने ग्राहकों को कैसे सन्तुष्ट किया जाता है, आदि जिज्ञासाओं का उत्तर इस उदाहरण से लिया जा सकता है :

कनैक्टीकल टूल मैन्युफ़ैक्चरिंग कम्पनी बहुत अच्छे औजार बनाती है और पानी की टोंटियों और ड्रिल बिट्स का इसका बहुत अच्छा व्यवसाय है। एक दिन इस कम्पनी का एक सेल्स एक्ज़ीक्यूटिव एक ऐसे प्लांट में दोबारा ऑर्डर लेने गया जिनके साथ उनका बिजनेस चार महीने पहले ही शुरू हुआ था। प्लांट के फ़ोरमैन ने उसे ज़्यादा तवज्जो नहीं दी और एक संक्षिप्त-सा उत्तर दिया–आपके ड्रिल बहुत ज़्यादा टूटते हैं।

सेल्स एक्ज़ीक्यूटिव ने कहा–ऐसा मुमकिन नहीं है क्योंकि ड्रिल के बारे में हमें ऐसी शिकायत कभी नहीं मिली।

फोरमैन ने भी खीझकर कहा–अच्छा, तो अब मैं कर रहा हूं न!

सेल्स एक्ज़ीक्यूटिव के पास उस बात का कोई जवाब न था। ऑफ़िस आकर उसने अपने बॉस को ग्राहक का उत्तर बताया। सेल्स सुपरवाइज़र ने कहा–हो सकता है कि वो हमारी ड्रिल न लेना चाहते हों!

सेल्स एक्ज़ीक्यूटिव ने हैरान होकर पूछा–आपने यह अनुमान कैसे लगाया?

बॉस ने कहा–मैं और तुम भी, यह अच्छी तरह जानते हैं कि हम सबसे बढ़िया ड्रिल बनाते हैं। यदि ग्राहक को यह लग रहा है कि हमारे ड्रिल टूट रहे हैं तो इसका अर्थ यह है कि वह किसी अन्य कम्पनी का ड्रिल चाहता है।

ख़ैर, सुपरवाइज़र एक्ज़ीक्यूटिव के साथ ग्राहक के प्लांट में गया। अधीर, परेशान फ़ोरमैन ने वही कहानी फिर सुनाई। सुपरवाइजर ने कहा–आप कृपया इतना कीजिए कि जो स्टील आप इस्तेमाल करते हैं, उसका एक छोटा-सा टुकड़ा मुझे दे दीजिए।

> अपनी आत्मा को कोसने से बचना मनुष्य की पहली एहतियात होनी चाहिए और संसार की बदनामी से बचना दूसरी।
>
> **–एडीसन**

सुपरवाइजर स्टील का वह टुकड़ा अपनी लैब में ले आया, जहां उसकी जांच की गई। जैसा कि उसे शक़ था, स्टील सख़्त क़िस्म का और ग़लत तरीक़े से पकाया गया था, जिसमें कोई भी साधारण ड्रिल चल ही नहीं सकता था।

सुपरवाइज़र दुबारा ग्राहक के पास गया। फ़ोरमैन यह जानकर परेशान हो उठा और बोला–यह कैसे हो सकता है? हम महीनों से ऐसा ही स्टील इस्तेमाल कर रहे हैं।

ख़ैर इस बैच और पिछले बैच के स्टील में तुलना की गई। जांच से पाया गया कि इस बैच का स्टील ख़राब क्वालिटी का है।

फ़ोरमैन ने कहा–मैं आप लोगों से माफ़ी चाहता हूं।

उसने कम्पनी को एक बड़ा ऑर्डर देकर अपनी ग़लती का पश्चाताप भी किया।

यहां एक राज़ की बात है कि ऐसा व्यवसाय जो लम्बे समय तक लाभ उठाना चाहता है, वह यह भी सुनिश्चित करता है कि ग्राहकों को शिकायतें करने के लिए प्रोत्साहित किया जाए।

मुस्कुराहट ऐसी विश्वव्यापी भाषा है जिसे सारी दुनिया में समझा जाता है।

☆ यदि आप अपने स्टाफ का ध्यान रखेंगे तो स्टाफ भी आपका ध्यान रखेगा।

☆ आप जो कहते हैं, उसके प्रति गम्भीर बनिए।

☆ किसी भी सफल संस्था के केन्द्र में उसके ग्राहक होते हैं।

☆ जितनी अधिक सम्भावनाओं से आपका सामना होगा, उतने ही अधिक आपके ग्राहक होंगे।

☆ 'शायद ग्राहक ही ठीक हो' इस सोच से चमत्कार होते हैं।

☆ ग्राहकों के साथ बहस करने की अपेक्षा समझौता करने से बेहतर परिणाम मिलते हैं।

☆ ग्राहक से बहस न करने का एक ही तरीक़ा हे कि उससे बचा जाए।

☆ यदि आप चाहते हैं कि ग्राहक आपके बारे में पहले सोचे, तो आप पहले उसके बारे में सोचें।

☆ संस्था के हित के लिए हर ग्राहक बहुत महत्त्वपूर्ण है।

☆ पहला अच्छा प्रभाव डालने का आपको दूसरा मौक़ा नहीं मिलेगा।

☆ व्यापार की वापसी या फिर से करने की नीति जितनी अधिक उदार होगी, असन्तुष्ट और नाख़ुश ग्राहकों से बचाव की उतनी ही अधिक सम्भावनाएं होंगी।

ग्राहक क्यों छोड़ जाते हैं

1% मृत्यु के कारण
3% दूसरी जगह चले जाते हैं
5% दोस्ती के कारण
9% प्रतिस्पर्धा के कारण
14% चीज़/काम से असन्तुष्टि के कारण
68% उदासीन नज़रिये के कारण

☆ महान उद्यमों की शुरुआत अक्सर छोटे सुअवसरों से होती है।

☆ दरअसल हर सौदे में दो प्रविष्टियां होनी चाहिए–एक तो तत्काल मुद्रा और सिक्के के रूप में, दूसरी सद्भाव के रूप में।

☆ अपने ग्राहकों से प्यार करें। इसका सीधा तरीक़ा है। जब बन्ता सिंह आपके शोरूम में तशरीफ लाएं, तो आप उन्हें बताइए कि : एस्कॉर्ट्स ट्रेक्टर ख़रीदने से जो धन आपके पास बचेगा, उससे अपने बेटे को आप कॉलेट भेज सकते हैं।

☆ नब्बे प्रतिशत ग्राहक समझदार होते हें, सिर्फ़ दस प्रतिशत ही ऐसे होते हैं जिनसे विशेष कुशलता के साथ डील करने की ज़रूरत होती है।

☆ ग्राहकों की उम्मीदों से हमेशा आगे बढ़िए।

☆ एक रुपया बहुत लम्बा सफ़र तय कर सकता है। आप इसे कई दिनों तक बिना ख़र्चे यूं ही लेकर चल सकते हैं।

ग्राहक बॉस होता है...

न था, न है और न कोई ग्राहक जैसा बॉस होगा। यह एक ऐसा बॉस है जिसे आपको प्रसन्न रखना चाहिए। आपका जो कुछ भी है, उसके लिए वह भुगतान करता है। वह आपका घर, आपकी कारें और आपके कपड़े ख़रीदता है। वही आपकी छुट्टियों के लिए भुगतान करता है और आपके बच्चों को स्कूल भेजता है। वह आपको हर वो पदोन्नति दिलाएगा जो आप आजीवन नहीं पा सकते... और अगर आपने उसे नाख़ुश किया तो वह आपको सेवामुक्त कर देगा।

–अर्ल नाइटिंगेल

☆ औरों की तरह ही शायद ग्राहक भी आसानी से निर्णय लेने में सक्षम नहीं हो सकता। आप एक बार उसे विकल्प दे दें और उसे निर्णय लेने के बारे में बता दें। उसे धकेले नहीं, तो वह उस विकल्प को चुन लेगा जिससे उसे ख़ुशी हो।

☆ अपने ग्राहकों की शिकायतों को सुझावों के रूप में लें।

- ☆ सम्पन्नता की बजाय विपन्नता में अपने ग्राहक के पास जाने में ज़्यादा रुचि दिखाए।

- ☆ वे लोग भी अपने ग्राहकों की सेवा करते हैं जो सिर्फ़ खड़े रहते हैं और उनके आने का इन्तज़ार करते हैं।

- ☆ अपने ग्राहकों के लिए हर रोज़ एक अच्छा काम करके ख़ुद को हीरो और महत्त्वपूर्ण समझिए।

- ☆ स्वार्थी बनिए, लेकिन अपने ग्राहकों के प्रति ईमानदार रहें।

- ☆ व्यापार का अस्तित्व सिर्फ़ ग्राहक बनाने में है, ग्राहक और बहुत-बहुत ग्राहक।

- ☆ ग्राहक ही आपका धन हैं, ग्राहक ही कारोबार हैं।

- ☆ ग्राहक बहुत जल्दी भूल जाते हैं, इसलिए तुरन्त सेवा दीजिए।

- ☆ इसे सच जानिए-ग्राहकों को ख़ुश करना मुश्किल नहीं है।

इससे पहले कि ग्राहक अपना मूड बदल लें, आप ख़ुद को बदल लें।

- ☆ ग्राहक को सन्तुष्ट किया जा सकता है और यह फ़ायदेमन्द भी है, क्योंकि एक सन्तुष्ट ग्राहक हमेशा के लिए आपका विक्रेता यानी सेल्समैन बन जाता है।

☆ अपने कारोबार को ग्राहक-ओरियंटेड बनाइए।

☆ अगर आप दो खरगोशों के पीछे दौडेंगे, तो आपको एक भी नहीं मिलेगा। इसलिए एक समय में एक ही ग्राहक से डील कीजिए।

☆ ग्राहकों को अपनी समस्याओं के जबाब चाहिए, वे आपके कालीन और झाड़फानूस से प्रभावित नहीं होते।

☆ नए ग्राहक को अतिरिक्त ध्यान देकर पुराने ग्राहकों को नाराज़ मत कीजिए।

☆ आपके हर कर्मचारी को आपके ग्राहकों को जानना चाहिए, यहां तक कि हिसाब-किताब रखनेवालों को भी।

☆ शिकायतों पर कार्रवाई करें, सुझाव भी बहुत ज़रूरी हैं।

☆ मार्किटिंग के लिए ज़रूरी है ग्राहक बनाना, लाभ उनके पीछे आएंगे।

☆ ग्राहक को ज़्यादा बोलने का मौक़ा दीजिए। जितना आप ध्यान से सुनेंगे,वो सोचेगा उतने ही आप समझदार हैं।

आवश्यकता ही प्राय: प्रतिभा की प्रेरक है।

–बाल्ज़ाक

एक संतुष्ट ग्राहक आपका सर्वश्रेष्ठ विज्ञापन है

एक चीज़ बेचना केवल एक बार का ही सौदा नहीं होता, यह तो बार-बार किए जानेवाले काटोबार की शुरूआत है, इस शर्त पर कि आप ग्राहक को संतुष्ट रखेंगे और इसके लिए उसकी ज़रूरत के समय तुरन्त उस तक पहुंचने से और उसे बिक्री बाद की अच्छी सेवा देने से बेहतर दूसरा कोई रास्ता नहीं है।

☆ मछली फंसाने के लिए चारा डालिए।

☆ आप अपनी सर्वश्रेष्ठ सेवाएं ग्राहकों को दीजिए और ग्राहक भी बदले में आपको सर्वश्रेष्ठ लोटाएंगे।

☆ जो ग्राहकों पर सबसे ज़्यादा भरोसा करता है, वह ग्राहकों को सबसे ज़्यादा सन्तुष्ट करता है।

☆ अपने ग्राहकों के साथ थोड़ी समझ के साथ ईमानदारी आज भी सर्वश्रेष्ठ नीति है।

वाणी का श्रृंगार ही सच्चा श्रृंगार

केयूराणि न भूषयन्ति पुरुषं, हारा न चन्द्रोज्ज्वलाः
न स्नानं, न विलेपनं, न कुसुमं, नालङ्कृता मूर्द्धजाः।
वाण्येका समलङ्करोति पुरुषं या संस्कृता धार्यते,
क्षीयन्ते खलु भूषणानि सततं, वाग्भूषणं भूषणम् ॥

प्रत्येक मनुष्य समाज में आदर चाहता है। प्रायः सामाजिक सम्मान पाने के लिए ही शरीर का श्रृंगार किया जाता है। किन्तु यदि वाणी में कड़वाहट है, तीखापन है तो कोई भी श्रृंगार मनुष्य को अपने साथियों में या समाज में आदर व स्नेह नहीं दिला सकता।

बातचीत में मधुरता न हो, बोलने के तौर-तरीके में तिरस्कार की व्यंजना हो तो गहनों से नखशिख लदा मनुष्य भी किसी से आदरपूर्ण व्यवहार की आशा नहीं कर सकता। मीठे बोल से ही बदले में मीठा व्यवहार मिलता है।

सुन्दर बाजूबन्द, चांदनी-सा चमकीला मोतियों का हार, सुवासित जल का स्नान, चन्दन का लेप, पुष्पहार, केशों का सुन्दर अवगुंठन आदि सभी श्रृंगार-प्रसाधन मनुष्य के शरीर की ऐसी शोभा के कारण अवश्य बन सकते हैं जिन्हें देखकर इन गहनों को धारण करनेवाला शायद अपने को ऊंचा मानने लगे, अहम्मन्य हो जाए किन्तु यह अहंकार उसे समाज में शोभास्पद स्थान नहीं दिला सकता। अतः इन मूल्यवान रत्नों को सच्चा आभूषण नहीं कह सकते। इन आभूषणों की चमक-दमक नश्वर है, इनका मूल्य घटता-बढ़ता रहता है।

सच्चा भूषण तो मधुर वाणी का भूषण ही है। बिल्कुल सादा स्वच्छ वस्त्र पहनकर संयत एवं मधुर वाणी से तथा मीठे व्यवहार से मनुष्य जो सम्मान पाता है, वह जगमग करते हीरों के प्रदर्शन से नहीं पा सकता।

वाणी का संयम मनुष्य की संस्कृति का आवश्यक गुण है। भावावेश में मनमानी बात कहनेवाला मनुष्य सभ्य-समाज में कभी आदर नहीं पाता। अतः प्रत्येक मनुष्य को उचित है कि धन-दौलत से भी अधिक वाणी में मिठास लाने का यत्न करे।

☆ अगर आप ग्राहकों से नहीं मिलते हैं तो आप स्वयं ही उन्हें अपने प्रतिस्पर्धियों के पास जाने के लिए विवश करते हैं।

ग्राहकों से पूछिए

एक कम्पनी मीटिंग में, हर कोई इस बात पर सुझाव दे रहा था कि कुत्तों का खाना बेहतर कैसे बनाया जाए। अध्यक्ष द्वारा पूछे जाने पर एक ट्रेनी ने कहा, "सर, मैं कुत्ता नहीं हूं। हमें कुछ कुत्तों को कान्फ़्रेरेन्स टेबल पर लाना चाहिए और अलग-अलग खानों के नमूने उनके सामने रखें, और फिर जो भी वो पसन्द करें, उसे ही बनाएं!"

शिक्षा : ग्राहक से पूछिए, वह क्या चाहता है।

☆ एक पुराने ग्राहक को बनाए रखने की अपेक्षा एक नया ग्राहक बनाने में आपको छह गुना ज़्यादा समय लगता है।

☆ ग्राहक यदि आपके प्रति अपनी कृतज्ञता भुला दें तो यह स्वाभाविक है, इसलिए अगर आप उनसे आभार की उम्मीद करते हैं तो आप बहुत सारी सिरदर्दियों की ओर बढ़ रहे हैं।

☆ एक ग्राहक को उसके उत्तरों की बजाय उसके प्रश्नों से जांचिए।

☆ अपने सबसे महत्त्वपूर्ण ग्राहकों से अपने कर्मचारियों के बारे में जांच-पड़ताल करते रहिए, लेकिन समझदारी से।

☆ यह इस जीवन का सबसे ख़ूबसूरत मुआवजा है कि कोई भी व्यक्ति अपनी मदद आप किए बिना किसी दूसरे की मदद ईमानदारी से करने की कोशिश भी नहीं कर सकता।

☆ ध्यान से सुनना सीखिए। सुअवसर कई बार बहुत धीमे-से खटखटाते हैं।

☆ ग्राहक को इस बात से ज़्यादा और कोई बात बांधे नहीं रखती कि व्यापारी यानी डीलर उसकी समस्या सुलझाने के लिए ईमानदारी से अपना एक पूरा दिन लगाता है।

☆ अपने ग्राहकों को बनाए रखिए ओर लगातार बढ़ाइए।

☆ ग्राहकों के लिए किया गया छोटा-सा काम हज़ार शब्दों से ज़्यादा कारगर है।

☆ अपने ग्राहकों में लोकप्रिय होने का तरीक़ा है कि एक ग्राहक के बारे में दूसरे ग्राहक द्वारा कही गई अच्छी बात को याद रखें और उसे बताएं।

ग्राहक ही लाभ है, बाक़ी सब ऊपरी ख़र्चा है

ग्राहक कोई असुविधा नहीं है और न ही गर्दन का फन्दा है, वह हमारी रोजी-रोटी है। वह हमारी तनख्वाहों और मुनाफ़ों के पैसे देता है।

ग्राहक ही एकमात्र वह मुर्ग़ी है जो हर रोज़ सोने का अंडा देती है...लगातार। इसलिए उसकी देखभाल कीजिए। बेहतरीन सम्भावित सेवाएं बोइए और सुनहरी फ़सल काटिए...वह भी भरपूर मुनाफ़े के साथ।

जो कम्पनी ख़र्चों का भारी बोझ लेकर चलती है, उसे डूबते देर नहीं लगती। ख़र्चों में कटौती करें। और इसे अपने वार्षिक नहीं, मासिक कार्यक्रम में शामिल करें। उन तमाम गतिविधियों को एक तरफ़ से साफ़ कर दें, जो ग्राहक के लिए नहीं हैं, वो ग्राहक जों कि बॉस है।

☆ जिन कर्मचारियों के साथ बुरा बर्ताव किया जाता है, वे ग्राहकों के साथ भी बुरा बर्ताव करते हैं।

☆ बेहतर व्यापार के लिए, वर्तमान ग्राहक हमेशा सर्वश्रेष्ठ आसार हैं और बने रहेंगे। अपने वर्तमान ग्राहकों को सही और पूरी तरह से समझने के लिए समय लीजिए और प्रयास कीजिए। उन्हें सहयोग और सहारे के रूप में क्या चाहिए, इसके लिए उनके साथ तालमेल बैठाइए।

☆ ग्राहक, स्वभावत: नयापन चाहनेवाले होते हैं और वे हमेशा ही बेहतर को चुनेंगे।

☆ कुछ ग्राहकों की सेवा के लिए सचमुच ज़्यादा दाम चुकाने पड़ते हैं। इससे व्यापार की अच्छी समझ बनती है।

☆ उगते यानी नए और डूबते यानी पुराने ग्राहक होते हैं...उन्हें ध्यान से देखिए और उनका फ़र्क़ सीखिए।

☆ अगर आप अपने ग्राहकों के साथ विश्वासघात करते हैं तो आप अपने कर्मचारियों से ईमानदारी की उम्मीद नहीं कर सकते।

☆ ख़रीदार को सौ आंखों की ज़रूरत होती है, लेकिन बेचनेवाले को केवल एक की।

☆ 'सोफ़्ट सेल' और 'हार्ड सेल' जैसी कोई चीज़ नहीं है। यह तो सिर्फ़ 'स्मार्ट सेल' और 'स्टुपिड सेल' होती है।

क़ीमत आख़िरकार भुला दी जाती है, लेकिन गुणवत्ता हमेशा ही याद की जाती है।

☆ जब तक आप हर रोज़ अपने काम पर इस सोच के साथ नहीं आएंगे कि आपके ग्राहक आपको छोड़कर जा रहे हैं, तब तक आप लाभ के लिए अपना व्यापार नहीं चला सकते।

☆ ग्राहकों को ख़ुश रखने के लिए बहुत थोड़े-से प्रयास की ज़रूरत रहती है।

☆ हमें ग्राहकों के अनुकूल बनना चाहिए–न कि ग्राहक को अपने अनुकूल बनाना चाहिए।

☆ जब परिस्थितियां किसी ग्राहक के प्रतिकूल हों, तब आप भी सब ठीक होने का इन्तज़ार करें, न कि उन्हें छोड़ दें।

☆ एक ग्राहक को गंवाने का अहसास, फिर से मेहनत करके नया ग्राहक बनाने का पक्का इरादा दर्शाता है।

☆ जब ग्राहक कहता है कि उसे एक बड़ी परेशानी है, तब शायद वह आपसे यह शिकायत कर रहा होता है कि आप उसकी उपेक्षा कर रहे हैं। उसे मुफ्त सेवा या छूट मत दीजिए। आवश्यकता इस बात की है कि उसे ज़्यादा ध्यान से सुना जाए।

☆ नई उपलब्धि हासिल करना एक जल्दबाज़ीवाला अनुभव है, लेकिन हार जाना विशुद्ध रूप से दुखदायी है। आप अपने दूसरे ग्राहकों को सन्तुष्ट रखने के लिए ऐसा क्या करेंगे कि वे आपको खा़रिज न करें?

☆ कई बार कुछ अनकही बातें, कही हुई बातों से ज़्यादा ऊंची आवाज़ में बोलती हैं यानी ज़्यादा प्रभाव डालती हैं। चिढ़चिढ़ापन, बेचेनी या काम का दबाव दिखाना, आंख मिलाने से बचना, लगातार काग़ज़ी कार्रवाई करते रहना आदि ऐसे ही अनकहे बर्ताव हैं जो ग्राहकों को मुंह मोड़ने पर मज़बूर कर देते हैं।

☆ जो ग्राहक शिकायतें करते हैं, वे चाहते हैं कि कोई उन्हें ध्यान से सुने, कोई उनसे सहानुभूति रखे, माफ़ी मांगे और बताने पर उसमें सुधार करे।

☆ ग्राहक चाहते हैं कि वे अपने बारे में अच्छा महसूस करें, इससे फ़र्क नहीं पड़ता कि वे क्या कर रहे हैं। वो ख़ुद को समझदार, अक्लमन्द और सक्षम समझते हैं। वे खुद को बेवक़ूफ़ बनते नहीं देखना चाहते।

> जो यह कहता है कि
> 'ईमानदार व्यक्ति'
> नाम की कोई
> वस्तु है ही नहीं,
> वह स्वयं धूर्त है।
>
> **–बर्कले**

समय आ गया है जब आप अपने आपको अपने ग्राहकों के जूतों में रखकर देखें

क्या हम आपको सफलता का रहस्य बताएं? एक आवश्यकता ढूंढ़िए और उसकी पूर्ति कीजिए।

एक बार आप ग्राहक की ज़रूरत को पहचान जाएंगे और उन्हें सन्तुष्ट कर देंगे, तो आप जादुई छड़ी के स्वामी बन जाएंगे जो कि उत्कृष्ट सफलता का अदभुत खेल दिखाएगी। लेकिन, आप कैसे जानेंगे कि ग्राहक क्या चाहते हैं?

वो ऐसे कि चीज़ों को आप उनके नज़रिये से देखें। अगर आप उनकी जगह होते तो क्या चाहते? इस ज़रूरत को ढूंढ़ निकालिए और इसे सन्तुष्ट करने के लिए शुरूआत कीजिए, क्योंकि आपका जीवन इसी पर निर्भर करता है।

"क्या सफलता का कोई रहस्य है", हेनरी फोर्ड कहते हैं, "यह दूसरे आदमी के नज़रिये को जानने की क्षमता में और चीज़ों को उसके दृष्टिकोण से देखने में विद्यमान रहती है।"

☆ नाराज़ ग्राहकों के साथ 'मैं कोशिश करूंगा' की नीति ने चमत्कार किए हैं।

टेढ़े और पेचीदे ग्राहक...

टेंढ़ और पेचीदे ग्राहक काली घटाओं में बिजली की तरह होते हैं। वे आपके लिए सुनहरे अवसर हैं। उन्हें जीतिए और ग्राहकों को सन्तुष्ट करने की अपनी तकनीक की धार को तेज़ कीजिए, और ज़्यादा लाभ कमाइए।

अपने इन टेढ़े ग्राहकों के साथ सहानुभूति और कुछलता के साथ पेश आइए। उनकी कठिनाइयों को, ज़रूरतों को अपना समझकर सुलझाइए और उनकी झुंझलाहट को ख़त्म करके उन्हें ख़ुश होने के लिए मज़बूर कर दीजिए।

अपने चेहरे पर मुस्कान लिए उनको जाता हुआ देखिए। और अब आप चैन की सांस लीजिए। वे आपके लिए ग्राहकों की लाइन लगाएंगे।

☆ आप लेखा परीक्षण तो करवा लेते हैं, क्या कभी ग्राहकों का भी परीक्षण करते हैं?

☆ हमारे ग्राहक हमारे सबसे अच्छे मित्र हैं।

☆ मुस्कुराहट बिखेरिए और लाभ कमाइए।

☆ एक आदमी को चुप करके आप यह न समझें कि आपने उसके विचारों या नज़रिये को बदल दिया हे।

☆ अनुशासन से ग्राहक सेवा में तेज़ी आती है।

☆ ग्राहक के साथ बातचीत अच्छी ग्राहक-सेवा की मेवा है। व्यापार में हर एक अपने ग्राहकों के साथ बातचीत करता है। इसलिए अपने कर्मचारियों को एक अच्छा श्रोता व सहनशील बनने ओर अपनी बात को सही तरीके से अभिव्यक्त करने के लिए प्रशिक्षण दें।

☆ आपका व्यवहार ही ग्राहकों की सन्तुष्टि की हद निर्धारित करता है।

☆ श्रेष्ठता तो तब है, जब एक आदमी दूसरों की तुलना में खुद से ज़्यादा प्रश्न पूछता है।

☆ बुरे लोगों के साथ अच्छा व्यवहार करना असम्भव है।

पंचतन्त्र की एक कथा में धर्मबुद्धि ने भी पापबुद्धि के साथ यही किया :

मित्र-द्रोह का फल

किसी स्थान पर धर्मबुद्धि और पापबुद्धि नाम के दो मित्र रहते थे। एक दिन पापबुद्धि ने सोचा कि धर्मबुद्धि की सहायता से विदेश में जाकर धन पैदा किया जाए। दोनों ने देश-देशान्तरों में घूमकर प्रचुर धन पैदा किया। जब वे वापस आ रहे थे, तो गांव के पास आकर पापबुद्धि ने सलाह दी कि इतने धन को बन्धु-बान्धवों के बीच नहीं ले जाना चाहिए। इसे देखकर उन्हें ईर्ष्या होगी, लोभ होगा। किसी-न-किसी बहाने वे बांटकर खाने का यत्न करेंगे, इसलिए इस धन का बड़ा भाग जमीन में गाड़ देते हैं। जब ज़रूरत होगी, लेते रहेंगे।

धर्मबुद्धि यह बात मान गया। ज़मीन में गड्ढा खोदकर दोनों ने अपना संचित धन वहां रख दिया और गांव में चले आए।

कुछ दिन बाद पापबुद्धि आधी रात को उसी स्थान पर जाकर सारा धन खोद लाया और ऊपर से मिट्टी डालकर गड्ढा भरकर चला आया।

दूसरे दिन वह धर्मबुद्धि के पास गया और बोला-मित्र! मेरा परिवार बड़ा है। मुझे फिर कुछ धन की ज़रूरत पड़ गई है। चलो, चलकर थोड़ा-थोड़ा और ले आएं।

धर्मबुद्धि मान गया। दोनों ने आकर जब ज़मीन खोदी और वह बर्तन निकाला जिसमें धन रखा था, तो देखा कि वह

ख़ाली है। पापबुद्धि सिर पीटकर रोने लगा–मैं लुट गया, धर्मबुद्धि ने मेरा धन चुरा लिया। मैं मर गया, लुट गया...।

दोनों अदालत में धर्माधिकारी के सामने पेश हुए। पापबुद्धि ने कहा–मैं गड्ढे के पासवाले वृक्षों को साक्षी मानने को तैयार हूं। वे जिसे चोर कहेंगे, वह चोर माना जाएगा।

अदालत ने यह बात मान ली और निश्चय किया कि कल वृक्षों की साक्षी ली जाएगी और साक्षी पर ही निर्णय सुनाया जाएगा।

रात को पापबुद्धि ने अपने पिता को कहा–तुम अभी गड्ढे के पासवाले वृक्ष की खोखली जड़ में बैठ जाओ। जब धर्माधिकारी पूछे तो कह देना कि चोर धर्मबुद्धि है।

उसके पिता ने यही किया। वह सुबह होने से पहले ही वहां जाकर बैठ गया।

धर्माधिकारी ने जब ऊंचे स्वर से पुकारा–हे वनदेवता! तुम्हीं साक्षी हो कि इन दोनों में चोर कौन है?

तब वृक्ष की जड़ में बैठे हुए पापबुद्धि के पिता ने कहा–धर्मबुद्धि चोर है, उसने ही धन चुराया है।

धर्माधिकारी तथा राजपुरुषों को बड़ा आश्चर्य हुआ। वे अभी अपने धर्मग्रन्थों को देखकर निर्णय देने की तैयारी ही कर रहे थे कि धर्मबुद्धि ने उस वृक्ष को आग लगा दी, जहां से आवाज़ आई थी।

थोड़ी देर में पापबुद्धि का पिता आग से झुलसा हुआ उस वृक्ष की जड़ में से निकला। उसने वनदेवता की साक्षी का सच्चा भेद प्रकट कर दिया।

क्षमा और प्रेम ही सच्चे रक्षक

क्षान्तिश्चेत्कतवचेन किं, किमरिमिः क्रोधोऽस्ति चेद्देहिनां,
ज्ञातिश्चेदनलेन किं, यदि सुहृद्दिव्यौषधैः कि फलम्।
कि सर्पैर्यदि दुर्जनाः किमु धनैर्विद्याऽनवद्या यदि,
व्रीडा चेत्किमु भूषणैः, सुकविता यद्यस्ति राज्येन किम् ॥

मानवोचित गुणों में क्षमा का बड़ा महत्त्व है। जो व्यक्ति अनजाने में किए गए या जान-बूझकर किए गए अपमान अथवा शत्रुतापूर्ण कार्य का बदला नहीं लेता वह अजात शत्रु हो जाता है, मनुष्य नहीं देवता बन जाता है। शत्रुता को प्रेम से ही जीता जा सकता है। किन्तु यह तभी सम्भव है, जब क्रोध पर विजय हासिल कर ली जाए क्रोध से तो सगे-सम्बन्धी और मित्र भी बहुत जल्दी शत्रु बन जाते हैं।

सगे रिश्तेदारों के प्रति क्रोध आना किसी अजनबी के प्रति क्रोध से भी अधिक स्वाभाविक हो जाता है। इनसान अजनबी को जल्दी माफ़ कर देते हैं, स्वजातीय को नहीं। क्योंकि निकट के अपने लोग जब शत्रुता करते हैं तो जान-बूझकर योजनाबद्ध शत्रुता करते हैं। जिन व्यक्तियों का विशेष योजनापूर्वक मिलन होता है, उनका स्नेह उतना अच्छा नहीं होता जितना किन्हीं दो निःस्वार्थी व्यक्तियों का। ऐसे सहृदय, सज्जन मित्र मिल जाएं तो मनुष्य का मन सदा स्वस्थ और प्रफुल्लित होगा।

किन्तु यह होगा तभी जब मिलनेवाले सज्जन व्यक्ति का मन स्वच्छ और निस्पृह होगा। दुर्जन व्यक्ति सांप से भी अधिक विषैले होते हैं। सांप से काटे व्यक्ति का उपाय होता है, दुर्जन व्यक्ति का प्रहार सांप के विषैलें ज़हर से भी ख़तरनाक होता है। पास में विद्या हो तो विद्वान को धन संचय की आवश्यकता नहीं। स्त्री का सबसे प्रसिद्ध आभूषण उसकी लज्जा है। लज्जाशील स्त्री का लावण्य दुगुना हो जाता है। प्रतिभाशाली कवि का मन राज्यशक्ति के मंद में उन्मत्त राजा से अधिक शान्त और प्रसन्न रहता है। वह अपने कल्पना-सुख के सामने राजकीय वैभव को भी तुच्छ समझता है। अतः मनुष्य को क्षमा, निःस्वार्थ प्रेम और काव्य-रुचि का विकास करना उचित है, धन-वैभव की वृद्धि की ओर अधिक ध्यान देना नहीं।

☆ किसी व्यापार का मूल दर्शन, खासकर सेवा के क्षेत्र में करने की दो बातें होती हैं–ग्राहक बनाना और बनाए रखना।

☆ ग्राहकों के प्रति दोस्ताना बर्ताव करने पर यदि कर्मचारियों को इनाम दिया जाता है, तो इस भावना और नज़रिये को बल मिलता है कि ग्राहक सर्वोपरि है।

हमेशा मुस्कुराइए।

☆ जब आप शिकायतें सुनते हें तब आपको चीज़ों को ठीक करने का उन्हें सुधारने का एक दूसरा मौक़ा मिलता है। यह सिर्फ़ एक ख़ास ग्राहक के लिए नहीं, बल्कि उन सब ग्राहकों के लिए भी है जो आपके पास आते हैं।

☆ धीरे-धीरे अपने दिमाग़ में यह बात भरिए कि हम अपने ग्राहकों को अपने प्रतिस्पर्धियों से कहीं बेहतर सेवा देते हैं। अपनी सेवाएं बेचना तो हमारा सिर्फ़ आधा काम है, बाकी का आधा अपने ग्राहकों की सेवा करना है।

जो नाविक अपनी
यात्रा के अन्तिम
बन्दरगाह को नहीं
जानता, उसके अनुकूल
हवा कभी नहीं बहती।

–लोकोक्ति

☆ अगर आप ग्राहकों की शिकायतें नहीं सुन रहे हैं तो इसका यह मतलब नहीं है कि सबकुछ ठीक-ठाक है। इसका एक साफ़-सा मतलब है कि शिकायत न करनेवाले ग्राहक चुपचाप उन चीज़ों को स्वीकार कर रहे हैं जो उन्हें नापसन्द हैं, और कभी वापस न लौटाने की योजना बना रहे हैं।

☆ सर्वेक्षणों से पता चलता है कि एक संस्था की सेवाओं से असन्तुष्ट छियानवे प्रतिशत ग्राहक दरअसल शिकायत ही नहीं करते।

कम्पिटिशन के दौर में

आगे बढ़ें...
और मंज़िल को छू लें...

आज का दौर प्रतियोगिता का दौर है, गला-काट प्रतियोगिता का। ऐसे में टिके रहना या अपने बिजनेस को चलाए रखना ख़ासी कठिन और जटिल प्रक्रिया है, लेकिन असम्भव नहीं है। एक उक्ति है कि : कोई भी किसी दूसरे का दीया नहीं बुझाता। यह तो तेल की कमी होती है जिससे दीया बुझ जाता है। यह उक्ति साफ़ जाहिर करती है कि अगर व्यक्ति में, वस्तु में या योग्यता में विशेषता है तो वह अपनी उपयोगिता सिद्ध करती है, अपने लिए जगह बनाती है और टिके रहती है। फिर चाहे कैसे भी उतार-चढ़ाव आएं या झटके ही क्यों न लगें।

अब जबकि एक ही पद के लिए दस-दस उम्मीदवार और एक ही वस्तु के दस-दस ब्रांड बाज़ार में उपलब्ध हों तो कड़ा कम्पिटिशन होना एक आम बात है। इसे ग़लत भी नहीं कहा जा सकता क्योंकि जिस तरह आप कुछ बनना चाहते हैं, कुछ करना चाहते हैं, उसी तरह और लोग भी आगे बढ़ना चाहते हैं। अगर इसे सकारात्मक नज़रिये से लिया जाए तो यह प्रतियोगिता आपमें नई जिज्ञासाएं, नया जोश भरती है। यह आपको आगे बढ़ने के लिए

प्रेरित करती है। आपको ख़ुद को सर्वश्रेष्ठ सिद्ध करने का मौक़ा देती है।

चुनौतियों को स्वीकार करना ज़िन्दादिली की पहली शर्त है। और यह इच्छा-शक्ति ही है जो आपको प्रेरित करती है, आपमें उत्साह भरती है प्रतिस्पर्धा का डटकर सामना करने का।

☆ यदि आप कम्पिटिशन में ठहर नहीं सकते, तो व्यापार से बाहर निकल जाइए।

☆ युद्ध के बीच से होकर गुज़रेंगे तभी आपको पदक मिलेंगे।

पंचतन्त्र की इस कथा में सोमिलक ते अपनी क़िस्मत ख़ुद लिखी :

क़िस्मत ख़ुद लिखना

एक नगर में सोमिलक नाम का एक जुलाहा रहता था। विविध प्रकार के रंगीन और सुन्दर वस्त्र बनाने के बाद भी उसे भोजन-वस्त्र मात्र से अधिक धन कभी प्राप्त नहीं होता था। अन्य जुलाहे मोटा-सादा कपड़ा बुनते हुए धनी हो गए थे। उन्हें देखकर एक दिन सोमिलक ने अपनी पत्नी से कहा–प्रिये! देखो, मामूली कपड़ा बुननेवाले जुलाहों ने भी कितना धन-वैभव संचित

कर लिया है और मैं इतने सुन्दर, उत्कृष्ट वस्त्र बनाते हुए भी आज तक निर्धन ही हूं। प्रतीत होता है कि यह स्थान मेरे लिए भाग्यशाली नहीं है; अतः विदेश जाकर धनोपार्जन करूंगा।

सोमिलक की पत्नी ने कहा–प्रियतम! विदेश में धनोपार्जन की कल्पना मिथ्या स्वप्न से अधिक नहीं। धन की प्राप्ति होनी हो तो स्वदेश में ही हो जाती है। न होनी हो तो हथेली में आया धन भी नष्ट हो जाता है। अतः यहीं रहकर व्यवसाय करते रहो, भाग्य में लिखा होगा, तो यहीं धन की वर्षा हो जाएगी।

सोमिलक–भाग्य-अभाग्य की बात तो कायर लोग करते हैं। लक्ष्मी उद्योगी और पुरुषार्थी सिंह-नर को ही प्राप्त होती है। सिंह को भी अपने भोजन के लिए उद्यम करना पड़ता है। मैं भी उधम करूंगा, विदेश जाकर धन-संचय का यत्न करूंगा।

यह कहकर सोमिलक वर्धमानपुर चला गया। वहां तीन वर्षों में अपने कौशल से 300 सोने की मोहरें लेकर वह घर की ओर चल दिया। रास्ता लम्बा था। आधे रास्ते में ही दिन ढल गया, शाम हो गई। आसपास कोई घर नहीं था। एक मोटे वृक्ष की शाखा के ऊपर चढ़कर रात बिताई। सोते-सोते स्वप्न आया कि दो भयंकर आकृति के पुरुष आपस में बात कर रहे हैं। एक ने कहा–हे पौरुष, तुझे क्या मालूम नहीं कि सोमिलक के पास भोजन-वस्त्र से अधिक धन नहीं रह सकता, तब तूने इसे 300 मोहरें क्यों दी? दूसरा बोला–हे,

> दूसरों को उपदेश
> देना सरल है।
>
> **–पचतन्त्र**

भाग्य! मैं तो प्रत्येक पुरुषार्थी को एक बार उसका फल दूंगा ही। पास रहने देना या नहीं रहने देना तेरे अधीन है।

स्वप्न के बाद सोमिलक की नींद खुली तो देखा कि मोहरों का पात्र ख़ाली था। इतने कष्टों से संचित धन के इस तरह लुप्त हो जाने से सोमिलक बड़ा दुखी हुआ, और सोचने लगा, अपनी पत्नी को कौन-सा मुख दिखाऊंगा, मित्र क्या कहेंगे?–यह सोचकर वह फिर वर्धमानपुर को ही वापस आ गया। वहां दिन-रात घोर परिश्रम करके उसने वर्ष-भर में ही 500 मोहरें जमा कर लीं। उन्हें लेकर वह घर की ओर जा रहा था कि फिर आधे रास्ते में रात पड़ गई। इस बार वह सोने के लिए ठहरा नहीं, चलता ही गया, किन्तु चलते-चलते ही उसने फिर दोनों–पौरुष और भाग्य–को पहले की तरह बातचीत करते सुना। भाग्य ने फिर वही बात कही–हे पौरुष! क्या तुझे मालूम नहीं कि सोमिलक के पास भोजन-वस्त्र से अधिक धन नहीं रह सकता? हे, भाग्य! मैं तो प्रत्येक व्यवसायी को एक बार उसका फल दूंगा ही, इससे आगे तेरे अधीन है, उसके पास रहने दे या छीन ले। इस बातचीत के बाद सोमिलक ने जब अपनी मोहरोंवाली गठरी देखी, तो वह मोहरों से खा़ली थी।

इस तरह दो बार ख़ाली हाथ होकर सोमिलक का मन बहुत दुखी हुआ। उसने सोचा–इस धनहीन जीवन से तो मृत्यु ही अच्छी है। आज इस वृक्ष की टहनी से रस्सी बांधकर उस पर लटक जाता हूं और यहीं प्राण दे देता हूं।

गले में फन्दा लगा, उसे टहनी से बांधकर जब वह लटकनेवाला ही था कि आकाशवाणी हुई–सोमिलक! ऐसा दुःसाहस मत कर। मैंने ही तेरा धन चुराया है। तेरे भाग्य में भोजन-वस्त्र मात्र से अधिक धन का उपभोग नहीं लिखा है। व्यर्थ के धन-संचय में अपनी शक्तियां नष्ट मत कर। घर जाकर सुख से रह। तेरे साहस से तो मैं प्रसन्न हूं, तू चाहे तो एक वरदान मांग ले। मैं तेरी इच्छा पूरी करूंगा।

सोमिलक ने कहा–मुझे वरदान में प्रचुर धन दे दो।

अदृष्ट देवता ने उत्तर दिया–धन का क्या उपयोग? तेरे भाग्य में उसका उपभोग नहीं है। भोगरहित धन को लेकर क्या करेगा?

सोमिलक तो धन का भूखा था, बोला–भोग हो या न हो, मुझे धन ही चाहिए। बिना उपयोग या उपभोग के भी धन की बड़ी महिमा है। संसार में वही पूज्य माना जाता है, जिसके पास धन का संचय हो। कृपण और अकुलीन भी समाज में आदर पाते हैं।

पौरुष ने कहा–यदि वही बात है, धन की इच्छा इतनी ही प्रबल है, तो तू फिर वर्धमानपुर चला जा। वहां दो बनियों के पुत्र हैं, एक गुप्तधन, दूसरा उपभुक्तधन। इन दोनों प्रकार के धनों का स्वरूप जानकर तू किसी एक का वरदान मांगना। यदि तू उपभोग की योग्यता के बिना धन चाहेगा, तो तुझे गुप्त धन दे दूंगा और यदि ख़र्च के लिए धन चाहेगा, तो उपभुक्त धन दे दूंगा।

यह कहकर वह देवता लुप्त हो गया। सोमिलक उसके आदेशानुसार फिर वर्धमानपुर पहुंचा। शाम हो गई थी। पूछता-पूछता वह गुप्तधन के घर चला गया। घर पर उसका किसी ने सत्कार नहीं किया। इसके विपरीत उसे भला-बुरा कहकर गुप्तधन और उसकी पत्नी ने घर से बाहर धकेलना चाहा, किन्तु सोमिलक अपने संकल्पों का पक्का था। सबके विरुद्ध होते हुए भी वह घर में घुसकर जा बैठा। भोजन के समय उसे गुप्तधन ने रूखी-सूखी रोटी दे दी। उसे खाकर वह वहीं सो गया। स्वप्न में उसने फिर दोनों देव देखे। वे बातें कर रहे थे। एक कह रहा था–हे पौरुष! तूने गुप्तधन को भाग्य से इतना अधिक धन क्यों दे दिया कि उसने सोमिलक को भी रोटी दे दी। पौरुष ने उत्तर दिया–मेरा इसमें दोष नहीं। मुझे पुरुष के हाथों धर्म-पालन करवाना ही है, उसका फल देना तेरे अधीन है।

दूसरे दिन गुप्तधन पेचिश से बीमार हो गया और उसे उपवास करना पड़ा। इस तरह उसकी क्षतिपूर्ति हो गई।

सोमिलक अगले दिन सुबह उपभुक्तधन के घर गया। वहां उसने भोजनादि द्वारा उसका सत्कार किया। सोने के लिए सुन्दर शय्या भी दी। सोते-सोते उसने फिर सुना, वही दोनों देव बातें कर रहे थे। एक कह रहा था–हे, पौरुष! इसने सोमिलक का सत्कार करते हुए बहुत धन व्यय कर दिया है। अब इसकी क्षतिपूर्ति कैसे होगी? दूसरे ने कहा–हे भाग्य! सत्कार के लिए धन व्यय करवाना मेरा धर्म था, इसका फल देना तेरे अधीन है।

सुबह होने पर सोमिलक ने देखा कि राजदरबार में एक राजपुरुष राजप्रसाद के रूप में धन भेंट लाकर उपभुक्तधन को दे रहा था। यह देखकर सोमिलक ने विचार किया कि यह संचयरहित उपभुक्त धन ही गुप्तधन से श्रेष्ठ है। जिस धन का दान कर दिया जाए या सत्कार्यों में व्यय कर दिया जाए वह धन संचित धन की अपेक्षा बहुत अच्छा होता है। और इस तरह उसने उपभुक्त धन पा लिया।

☆ सही समय और सही जगह पर होने से ही सफलता नहीं मिलती, वह निर्भर करती है तैयार रहने पर।

☆ दो नायकों में वही महान होता है जो कि अपने प्रतिद्वन्द्वी का सम्मान करता है।

☆ जब तक बाज़ार में नहीं तब तक कहीं नहीं।

ऊंचे आदमी की शोभा ऊंचे काम से

स्वल्पस्नायुवसावशेषमलिनं नीर्मोसमप्यस्थि कं
श्वा लब्ध्वा परितोषमेति, न तु तत्तस्य क्षुधाशान्तये।
सिंहो जम्बुकमङ्कमागतमपी त्यक्त्वा निहन्ति द्विपं,
सर्व: कृष्छ्रगतोऽपि वाञ्छित जन: सत्त्वानुरूपं फलम्॥

जिसने समाज में यशस्वी जीवन जीने का संकल्प किया है, उसे बड़ी-से-बड़ी मुसीबत आने पर भी ऐसा काम नहीं करना चाहिए, जो उसे अपयश का पात्र बनाए।

इस संकल्प पर पूरा उतरने के लिए मन को मज़बूत करना पड़ता है, शरीर को कष्टों के कांटों-भरे रास्तों से गुज़रना पड़ता है। किन्तु स्वाभिमानी बहादुर आदमी प्राणान्तक सब कठिनाइयां झेलकर भी यशस्वी जीवन के मार्ग से विचलित नहीं होता।

उसके स्वभाव में शेर की-सी बहादुरी होती है। शेर का स्वभाव है कि वह पंजों में दबे सियार को छोड़कर भी भीमकाय हाथी के शिकार को दौड़ पड़ता है।

कुत्ते का स्वभाव इससे सर्वथा विपरीत है। वह मृत गाय आदि के मलिन-मांस से सनी हड्डी को चूसते रहने में ही प्रसन्न रहता है। यह उसका स्वभाव है। उस सूखी हड्डी से कुत्ते का उदर-पोषण नहीं होता किन्तु हड्डी चबाकर सन्तुष्ट रहना कुत्ते का स्वभाव बन गया है।

मनुष्य को ऐसी निम्न-स्तर की प्रवृत्ति से दूर रहना चाहिए। शेर की तरह शौर्य सम्पन्न कार्यों में रुचि लेना ही पुरुष को यशस्वी बनाता है। साहसिक कार्यों के प्रारम्भ करने और कठिनाइयां आने पर भी उन्हें अन्त तक निभाने में ही पुरुष-जीवन की सार्थकता है। ऐसे सत्साहसी व्यक्ति की कीर्ति ही अमर होती है। ऐसे साहसी-शूरवीर व्यक्तियों से समाज और देश का गौरव बढ़ता है।

सुपरसोनिक दौर में

आज दुनिया सुपरसोनिक गति से दौड़ रही है। हर क़दम पर चीज़ें बदल रही हैं। सिर्फ़ तेज़ धार रूपी परिणाम ही नई चुनौतियों से निबटने में आपकी सहायता कर सकते हैं और आपको सबसे ऊपर रखते हैं।

खुद को हर तरह से तैयार रखिए! हर नए विचार और आइडिया को खुद में सोख लीजिए। और प्रत्येक मिनट में होनेवाले परिवर्तनों के प्रति सतर्क रहिए। नहीं तो, आपका प्रतियोगी आपको कई साल पीछे छोड़ देगा। आज व्यापार करना साइकिल चलाने की तरह है– या तो आप चलाते रहिए, नहीं तो गिर पड़ेंगे, और सबसे अलग, पीछे रह जाएंगे।

तो अब, खुद को सक्रिय कीजिए और ऊपर उठिए। एक्शन के लिए हमेशा तैयार रहें। चोटी पर काफ़ी जगह है लेकिन वहां बैठने के लिए जगह नहीं है।

☆ कोई भी किसी दूसरे का दीया नहीं बुझाता। यह तो तेल की कमी होती है जिससे दिया बुझ जाता हे।

☆ जब सफलता समस्याओं को सुलझाने की अपेक्षा और ज़्यादा समस्याएं लेकर आती है, तब हम स्तब्ध क्यों रह जाते हैं? हमें प्रत्यक्ष पर ताज्जुब होता है।

☆ अगर आप जीवन में बच-बच चलते हैं, तो आप यह तय कर चुके हैं कि आप ज़्यादा आगे नहीं बढ़ना चाहते।

☆ कम्पिटिशन में हराने के सब तरीक़ों में सबसे अच्छा है–अपने ग्राहकों को बेहतर सेवाएं देना। क्या ऐसा नहीं है! ख़ुद को ढालिए, नहीं तो बाहर कर दिए जाएंगे...

☆ अपने प्रतियोगियों से प्यार कीजिए, ऐसा करना उन्हें क्रेज़ी बना देगा। उनकी आलोचना मत कीजिए, वो बिलकुल वैसे ही है जैसे कि उन परिस्थितियों में आप बन जाते।

☆ अगर आपके साथ बहुत सारी समस्याएं हैं तो शायद आपको व्यापार से बाहर निकल जाना चाहिए। ऐसा कोई क़ानून नहीं है जो यह कहता हो कि एक कम्पनी का अस्तित्व हमेशा बना रहना चाहिए।

☆ अगर आपकी चूहेदानियां दूसरों से अच्छी हैं, तो लोग आप तक पहुंचने का रास्ता बना ही लेंगे, भले ही आप जंगल में ही क्यों न हों।

☆ शुरुआत के समय इस बात की चिन्ता मत कीजिए कि आपके पास पर्याप्त धन नहीं है। सीमित धन एक वरदान है, अभिशाप नहीं। रचनात्मक सोच को और कोई भी चीज़ इस तरीक़े से प्रोत्साहित नहीं करती।

अगर आप कम्पिटिशन का सामना नहीं कर रहे हैं, तो आप उसे पैदा कर रहे हैं

कम्पिटिशन कोई दुश्मन नहीं है जिससे कि डरा जाए। इससे बीचोंबीच मिलिए और चुनौती को स्वीकार कीजिए। कम्पिटिशन को हराने का तरीक़ा है कि ग्राहकों को बेहतर सेवाएं दीजिए। हमारे अन्दर ख़ूबियां भी हैं और कमज़ोरियां भी। लेकिन ये ही हमारे प्रतियोगियों में भी हैं। और, अगर हम अपनी ख़ूबियों को उनकी कमज़ोरियों के ख़िलाफ़ बेचेंगे तो हम जीत जाएंगे।

☆ यह हमारी नीति है कि हम किसी भी प्रतियोगी से मूल्य में कम्पिटिशन न करें। हम सबसे बढ़िया चीज़ बनाते हैं और उसे बेचते हैं, न कि मूल्यों को।

आलस्य शत्रु और उद्यम मित्र

आलस्यं हि मनुष्याणां शरीरस्थो महान् रिपुः।
नास्त्युद्यमसमो बन्धुर्ये कृत्वा नावसीदति॥

आलस्य मनुष्य के शरीर में रहनेवाला ऐसा शत्रु है जिसके समान और कोई शत्रु नहीं एवं उद्योग ऐसा मित्र है जिसके सामने और कोई मित्र नहीं। पुरुषार्थ करनेवाला मनुष्य कभी नष्ट नहीं होता।

आलस्य के कारण ही मनुष्य रोगी होता है। प्रायः प्रत्येक रोग का प्रारम्भ आलस्य से ही होता है। स्वास्थ्य के सब नियमों को जानते हुए भी मनुष्य आलस्यवश उनका पालन नहीं करता। समय पर जागरण और व्यायाम करनेवाला व्यक्ति रोगी नहीं हो सकता। उचित व्यायाम ही शरीर को स्वस्थ बनाता है, किन्तु आलसी व्यक्ति व्यायाम का शत्रु होता है और आलस्य उस समय का शत्रु बन जाता है। धनी व्यक्ति विलासिता में डूबकर शारीरिक व्यायाम नहीं करते। इसीलिए समृद्ध व्यक्तियों को ही बीमारी अधिक घेरती है। दरिद्रता भी आलस्य को जन्म देती है। दरिद्र व्यक्ति निराशा में इतना डूब जाता है कि प्रत्येक सुख के लिए जो उत्साह चाहिए, वह उससे वंचित हो जाता है। उत्साहहीन व्यक्ति के शरीर और मन कभी स्वस्थ्य नहीं रह सकते। मन की स्वस्थता के लिए भी शारीरिक और मानसिक आलस्य का त्याग करना पड़ेगा। मानसिक आलस्य शारीरिक आलस्य से भी अधिक भयंकर है।

मन को स्वस्थ और क्रियाशील रखने के लिए कर्मयोग के इस तत्त्व को आत्मसात करना होता है कि फल की चिन्ता किए बिना कर्म करते रहना ही मनुष्य का धर्म है। फल की चिन्ता से ही मनुष्य निष्क्रिय हो जाता है। अतः गीता का यह आदर्श सदैव स्मरण रखना चाहिए कि फल देना ईश्वर के अधीन है। कर्म करना मनुष्य के अधीन है। न्यायकारी प्रभु ठीक दिशा में किए गए पुरुषार्थ का फल अवश्य देते हैं। आलस्य न करनेवाला विवेकशील पुरुष निश्चय ही जीवन-संघर्ष में विजयी होता है।

☆ मूल्यों का कोई मोल नहीं रह जाता, अगर आप ख़रीदार को मूल्य की अपेक्षा चीज़ पसन्द करवा देते हैं।

☆ अगर कोई चीज़ करने योग्य है तो उसे कुशलता से किया जाना चाहिए।

☆ आंकड़े, फ़ैसला करने के लिए कोई विकल्प नहीं हैं।

☆ किसी संस्था के प्रबन्धन में गुणवत्ता वाक़ई एक तरीक़ा है।

☆ गुणवत्ता सम्बन्धी अधिकतर समस्याएं कार्यकर्ताओं की अपेक्षा सिस्टम के कारण होती हैं।

☆ लाभ से पहले गुणवत्ता को रखिए।

☆ जो लोग 'कम-से-कम के बदले बेहतरीन' देते हैं, वे ही बेचते हैं, और बाक़ी तो सेल के लिए बच जाते हैं।

☆ आपका व्यापार अत्यधिक मुनाफ़े वाला बने या ज़ंग लगा, यह आपके आज के व्यवहार पर निर्भर करता है।

मैं मार्ग खोज लूंगगा
अथवा अपना मार्ग
स्वयं बना लूगा।

–वरले

☆ एक प्रतियोगी जो आपका एक ग्राहक जीत लेता है, शायद अपनी जीत उन सबको सुनाए जो कि सुनना चाहते हों।

☆ जितने ज़्यादा लोग आप पर विश्वास करेंगे, उतना ही ज़्यादा वे आपसे ख़रीदेगे।

☆ संगति, लय, एस्थेटिक्स और सुन्दरता साधारण चीज़ों में मिलते हैं।

व्यक्ति का अन्तिम मापदंड इस बात में नहीं है कि वह सुख-सुविधा और सहूलियत के समय कितनी सफलता प्राप्त करता है, बल्कि इस बात में है कि चुनौती और विवाद के समय में वह कितना सफल है।

☆ कभी भी अपने प्रतियोगी की चीज़ों को नीचा मत दिखाइए– आपके ग्राहक किसी भी तरह आपका भरोसा नहीं करेंगे।

☆ कभी भी अपने प्रतियोगियों के लिए बुरा मत बोलिए।

☆ ख़रीदारों के बाज़ार में सर्वश्रेष्ठ आज भी विक्रेता बाज़ार का ही है।

बेजोड़ सेल्स और सर्विस

हम साथ साथ हैं

बॉस को ख़ुश रखना, ग्राहकों को सन्तुष्ट करना, प्रतिस्पर्धियों से टक्कर लेना–इन सबके मूल में है आपकी बेजोड़ सेल्स और सर्विस। वैसे तो सेल्स और सर्विस एक-दूसरे के पूरक हैं अर्थात सेल्स के लिए सर्विस बिलकुल वैसी ही है जैसा कि पैन के लिए स्याही, अगर बढ़िया-से-बढ़िया पैन से स्याही रिसती है तो वह पैन बेकार है। क्या इसमें कोई दो राय है।

जाहिर है कि नहीं। लेकिन हां, इन दोनों का सन्तुलन बैठाना काफ़ी मेहनत और हिम्मत का काम है, एक तरह से इत्मिहान ही है आपके साहस का, आपके आत्मविश्वास का, आपकी दृढ़ता का। यह सन्तुलन आप कैसे बैठाते हैं, इसके लिए क्या नीतियां, योजनाएं, और तरीक़े अपनाते हैं और ये तरीक़े कितने कारगर और सही हैं–यह सब आपके नज़रिये, धैर्य, स्वाभिमान, नैतिकता और ईमानदारी का पैमाना तय करते हैं।

कहते हैं कि अगर बेचने (सेल्स) का कोई रहस्य है तो वह है–ग्राहक की नज़र से देखना यानी ख़ुद को ग्राहक

की जगह पर महसूस करना कि अगर आप वह चीज़ ख़रीद रहे होते तो क्या चाहते।

यह सन् 1963 की बात है जब मैंने एक बड़े डीलर से दुपहिया स्कूटर ख़रीदा था। डीलर ने स्टार्ट करना, बन्द करना आदि साधारण बातें बताने के बाद बिना कुछ ख़ास बताए ही उसे मेरे सुपुर्द कर दिया।

शोरूम से घर आते हुए मैं बमुश्किल एक किलोमीटर ही चला था कि स्कूटर रुक गया। स्टार्ट करने के सब प्रयास बेकार साबित हुए। वहां से गुज़र रहे एक तजुर्बेकार आदमी ने ईंधन की टंकी खोलकर बताया कि इसमें पेट्रोल नहीं है। डीलर को कोसते हुए मैं अपने नए स्कूटर को पूरे दो किलोमीटर तक घसीटकर पेट्रोल पम्प तक ले गया।

मैं लगातार उसे कोस रहा था कि चाहे पैसा मेरे बिल में जोड़ देता, पर डीलर को इसमें एक लीटर पेट्रोल तो डलवाना चाहिए था या फिर वह टंकी के ख़ाली होने के बारे में मुझे बता देता।

लेकिन मेरी मुसीबत यहीं ख़त्म नहीं हुई थी। कुछ महीनों के बाद तो स्कूटर ने एकदम ही चलने से इनकार कर दिया। इस बार मेरे पड़ोसी ने बताया कि पानी न डालने के कारण इसकी बैटरी दम तोड़ गई है। मेरा ख़याल है कि डीलर को स्कूटर सौंपते वक़्त यह बात भी मुझे बतानी चाहिए थी।

ख़ैर, मैंने तो धीरे-धीरे स्कूटर की सभी जानकारियां हासिल कीं, पर क्या डीलर का एक ग्राहक के साथ ऐसा बर्ताव उचित कहा जाएगा? इस वक़्त मुझे एक कहावत याद आ रही है : एक सेल्समैन की समस्या काहिली

है, अज्ञान नहीं। यह भी एक सर्वविदित कहावत है कि किसी भी वस्तु की सेल बढ़ाने का सर्वोत्तम तरीका है–उसकी सेवा बढ़ाना। जबकि आजकल लोग अपने-अपने नज़रियों का दायरा छोटा करते जा रहे हैं। उन्हें सब-कुछ तैयार चाहिए, लाभ भी अच्छा और तुरन्त चाहिए, वो भी बिना मेहनत किए। इसके लिए वे तमाम हथकंडे अपनाते हैं। साम, दाम, दंड, भेद–कोई भी तरीक़ा अपनाकर वे उसी पेड़ को काटने की तैयारी करते हैं जो उन्हें छाया देता है।

होता यह है कि सेल्समैन ग्राहकों को ग़लत तथ्य बताते हैं, चीज़ों के बारे में बढ़ा-चढ़ाकर बताते हैं। उन्हें ठगते हैं। जबकि सेल्स एक श्रेष्ठ व्यवसाय है, क्योंकि यह खरीदारों की ज़रूरतों को पूरा करता है। ठीक वैसे ही जैसे एक डॉक्टर एक मरीज का इलाज करता है। और अगर सेल्स और सर्विस में बेहतर क्वालिटी प्रदान की जाए तो यह सेवा-सम्बन्धी समस्याओं के लिए दी जानेवाली कमतर सुविधाएं कहलाती हैं।

कहा जाए तो सेल्स तो असल में बिक्री करने के बाद शुरू होती है क्योंकि उस दौरान सर्विस प्रदान की जाती हैं। इसलिए हर बिजनेसमैन

> एकाग्रता से ही
> विजय प्राप्त
> होती है।
>
> **–चार्ल्स बक्सटन**

को, सेल्समैन को सेवाओं के महत्त्व को कम करके नहीं आंकना चाहिए। अच्छी सेवाएं ही हैं जो लाभ के रूप में प्राप्त होती हैं।

नए पैकेज शैल्फ़ पर रखें दिखने में इतने अच्छे हैं कि ग्राहक उसे शैल्फ़ पर ही छोड़े जा रहे हैं।

☆ जीवन छोटा है लेकिन फिर भी शिष्टाचार के लिए हमेशा समय रहता है।

☆ बीत जाने तक वह नहीं बीतती।

☆ एक गंवाकर दो पाइए।

☆ कल तो दूसरा दिन है।

☆ विज्ञापन वादे करते हैं, सर्विसमैन उन्हें कायम रखते हैं।

☆ कोई भी एक रुपये का सामान 99 पैसे में बेच सकता है।

☆ जो कुत्ता तेज़ चलता है, उसे ही हड्डी मिलती है।

☆ जिनके पास कहने को कम-से-कम होता है, वे ही ज़्यादा बोलते हैं।

☆ जिस आदमी का चेहरा मुस्कुराता हुआ न हो, उसे दुकान नहीं खोलनी चाहिए।

☆ सस्ता होना भ्रामक यानी मिथ्या अर्थव्यवस्था है।

☆ दृढ़तापूर्वक हाथ मिलाइए।

☆ बोलिए कम, कहिए ज़्यादा।

☆ अपने पूरकों से नियमित रूप से मिलें।

☆ संघर्ष यानी कोशिश चाहे जिस भी काम के लिए हो, हमेशा जारी रखिए, शायद यह उपलब्धि से एक क़दम की ही दूरी पर हो।

☆ उस पेड़ को मत काटिए जो आपको छाया देता है।

जो भी ग्राहक आपके शोरूम में आता है, वह कहावतों में कही गई उस मुर्ग़ी जैसा है जो हर रोज़ एक अंडा देती है। उससे हर बार एक अंडा प्राप्त कीजिए यानी उससे बार-बार बिजनेस कीजिए। एक ही झटके में सब-कुछ हथियाने और रातोंरात गायब करने की कोशिश मत कीजिए।

नियामतों को सहेजना

एक स्थान पर हरिदत्त नाम का ब्राह्मण रहता था। पर्याप्त भिक्षा न मिलने से उसने खेती करना शुरू कर दिया था, किन्तु खेती कभी ठीक नहीं हुई। किसी-न-किसी कारण फसल खराब हो जाती थी।

गर्मियों के दिनों में एक दिन वह अपने खेत में वृक्ष की छाया के नीचे लेटा हुआ था कि उसने पास ही एक बिल पर फन फैलाकर बैठे भयंकर सांप को देखा। सांप को देखकर सोचने लगा, अवश्यमेव यही मेरा क्षेत्र-देवता है, मैंने इसकी कभी पूजा नहीं की, तभी मेरी खेती सूख जाती है। अब इसकी पूजा किया करूंगा। यह सोचकर वह कहीं से दूध मांगकर पात्र में डाल लाया और बिल के पास जाकर बोला–क्षेत्रपाल! मैंने अज्ञानवश आज तक तेरी पूजा नहीं की। आप मुझे ज्ञान हुआ है। पूजा की भेंट स्वीकार करो और मेरे पिछले अपराधों को क्षमा कर दो। यह कहकर वह दूध का पात्र वहीं रखकर वापस आ गया।

अगले दिन सुबह जब बिल के पास गया तो देखता क्या है कि सांप ने दूध पी लिया है और पात्र में एक सोने की मुहर पड़ी है। दूसरे दिन भी ब्राह्मण ने जिस पात्र में दुध रखा था उसमें सोने की मुहर पड़ी मिली। इसके बाद प्रतिदिन उसे दूध के बदले सोने की मुहर मिलने लगी। वह भी नियम से प्रतिदिन दुध देने लगा।

एक दिन हरिदत्त को गांव से बाहर जाना था। इसलिए उसने अपने पुत्र को पूजा का दूध ले जाने के लिए आदेश दिया। पुत्र ने भी पात्र में दूध रख दिया। दूसरे दिन उसे भी मुहर मिल गई। तब वह सोचने लगा, इस वल्मीक में सोने की मोहर का ख़ज़ाना छिपा हुआ है, क्यों न इसे तोड़कर पूरा ख़ज़ाना एक बार ही हस्तगत कर लिया जाए–यह सोचकर उसने अगले दिन

जब दूध का पात्र रखा और सांप दूध पीने आया तो उसने लाठी से सांप पर प्रहार किया। लाठी का निशाना चूक गया। सांप ने क्रोध में आकर हरिदत्त के पुत्र को काट लिया, जिससे वह वहीं मर गया।

☆ वैसे तो किसी भी चीज़ को बेचना आसान नहीं है, लेकिन असली इम्तिहान तो ख़ुद को बेचने में है।

☆ सेल्स ओरियंटेड एकांउट्स स्टाफ़? क्यों नहीं?

☆ लाभ से पहले सेवा की क्वालिटी देखिए।

☆ किसी उत्पाद की बिक्री बढ़ाने का सबसे अच्छा तरीक़ा है उसकी सेवा बढ़ाना।

☆ बिक्री के लिए सेवा ठीक वैसी ही है जेसी कि पैन के लिए स्याही, अगर सबसे बढ़िया पैन से स्याही रिसती है तो वह पैन बेकार है।

☆ चिन्ता करना छोड़िए और बेचना शुरू कीजिए।

☆ अगर आपकी लागत बढ़ती जा रही है तो ज़्यादा बिक्री करके क़ीमत को निम्न स्तर पर ले आइए।

☆ पहली मांग से ही मुश्किल बिक्री शुरू हो जाती है।

मैनेजर सिस्टम पर निर्भर करते हैं और नेता लोगों पर।

☆ अन्तिम कोशिश के बाद कई बार गंवाई हुई सेल को बचाया गया है।

☆ मुझे एक बार बेवक़ूफ़ बनाया, आपको शर्म आनी चाहिए, मुझे दो बार बेवक़ूफ़ बनाया, मेरे लिए शर्मिन्दगी की बात है।

☆ धैर्य और ईमानदारी के साथ आवेश भी ज़रूरी है। ताकि बेईमान और धूर्त को सबक सिखाया जा सके।

झूठे का सिर नीचा

एक आदमी रेलगाड़ी में सफ़र कर रहा था। उसने अपनी साथवाली सीट पर अपना कुछ सामान रख दिया। कोई एक और मुसाफ़िर आया तो वह उस सीट पर सामान रखा देखकर पूछने लगा, "ज़रा यह सामान उठा लीजिए तो मैं..."

"जी, मगर कोई साहब यहां पहले से ही बैठे हुए हैं, यह उन्हीं का सामान पड़ा है। वह डाइनिंग कार में खाना खाने गए हुए हैं।"

यह उत्तर सुनकर नया मुसाफिर बोला, "ठीक है, जब तक वह नहीं आते तब तक मैं जरा सुस्ता लूं। खड़ा-खड़ा थक

गया हूं" और वह सामान नीचे रखकर सीट पर बैठ गया। उसके मन में कोई सन्देह नहीं था कि यह महाशय साफ़ झूठ बोल रहे हैं और वह वाक़ई इसी ख़याल से सीट पर बैठ गया था कि चलो, जब तक इस सीटवाला मुसाफ़िर खाना खाकर नहीं लौटता तब तक थोड़ा आराम कर लूं।

लेकिन वहां पर न तो कोई बैठा हुआ था, न कोई खाना खाने गया था और न कोई लौटकर आनेवाला था–इसलिए नए मुसाफ़िर को उठना न पड़ा। और थोड़ी देर बाद उसके सामने अपने हमसफ़र का झूठ खुल गया। और हुआ यह कि उसके मन में घृणा उपजने लगी तथा ऐसे झूठे आदमी को सबक सिखाने का विचार उत्पन्न होने लगा।

परिणामस्वरूप जब गाड़ी अगले स्टेशन पर थमी और वह झूठे सज्जन अपना सामान समेटकर नीचे उतरने लगे, तो नए मुसाफ़िर ने यह कहकर रोक लिया, "आप यह सामान क्यों लिए जा रहे हैं? यह तो किसी और का था ना!"

"जी नहीं, मेरा ही था।"

"लेकिन आप सबके सामने ख़ुद कह चुके हैं कि यह आपका नहीं है। मैं यह सामान आपको ले जाने नहीं दूंगा, बल्कि इसे लॉस्ट प्रापर्टी ऑफ़िस (खोए हुए सामान को जमा करनेवाले दफ़्तर) में जमा कराऊंगा, क्योंकि यह उसी सीट पर पड़ा हुआ मिला था जिस पर मैं बैठा था।"

बहस-बहस में बात तूल पकड़ गई और वह सामान वाकई दाख़िल-दफ्तर करवा दिया गया। बाद में बड़ी ही दिक्कतों के बाद उन झूठे महाशय को अपना सामान वापस मिल सका।

☆ लोग जो कहते हैं कि ख़रीदेंगे, वो नहीं ही ख़रीदते।

☆ संकट के समय में हिम्मत दिखाने का मतलब हे कि आधी बिक्री हो गई।

☆ कई बार शुरुआती तीन मिनटों में ही बिक्री का खेल जीता या हारा जाता है।

☆ एक चित्र एक हज़ार शब्दों के बराबर है...और एक विसिट दस हज़ार शब्दों के बराबर है।

☆ एक असन्तुष्ट ग्राहक चिनगारी की तरह है जो जंगल की आग की तरह फैल सकती है।

☆ एक असन्तुष्ट ग्राहक को अनचाहे ख़ुराफ़ाती के रूप में नहीं लिया जाना चाहिए।

☆ आज के छोटे-छोटे ऑर्डरों में से ही कल के लिए बड़े ऑर्डरों की सम्भावनाएं बढ़ेंगी।

☆ सिर्फ़ मरे हुए लोग ही सन्तुष्ट होते हैं।

माफ़ कर देने या भुला देने के लिए आपका धनी और सम्पन्न होना ज़रूरी नहीं है, बल्कि आपको दयालु और उदार बनना होगा और समझदारी से इस ओर सोचना होगा।

☆ अगर हम आपका पैसा लौटा दें, आपको बदले में दूसरी चीज़ मुफ्त में भिजवा दें, स्टोर बन्द कर दें और मैनेजर को गोली से उड़ा दें...तो जनाब, इससे क्या आप सन्तुष्ट हो जाएंगे?

☆ महत्त्वपूर्ण यह नहीं है कि आपको कितने ऑर्डर मिलने की उम्मीद है, बल्कि यह है कि आपको कितने ऑर्डर मिलते हैं।

☆ अगर किसी ऑर्डर को पा लेना मुश्किल है, तो उसे पाने में सारा गौरव चला जाता है।

☆ कृपया ज़रा-सी बात पर अपना एक ग्राहक मत गंवाइए, ठीक उसी तरह जैसे कि एक कील के लिए एक युद्ध हारा गया था।

☆ दोस्तो, कभी मत भूलो कि हम सिर्फ़ प्रदर्शनकारी नहीं है, सेल्समैन भी हैं।

☆ कोई भी तथ्य हज़ारों दलीलों की बजाय दो-तीन अच्छे प्रमाणपत्रों से ही बहुत अच्छे ढंग से स्थापित किया जा सकता है।

> कर्तव्य में मिठास है।
>
> **–महात्मा गांधी**

☆ बेचना एक श्रेष्ठ व्यवसाय है, क्योंकि यह ख़रीदार की ज़रूरतों को पूरा करता है। ठीक वैसे ही जैसे एक डॉक्टर एक मरीज का इलाज करता है।

☆ हो सकता है कि 'बेचने' के लिए कॉमन सेन्स ज़रूरी हो, लेकिन इसके व्यावहारिक इस्तेमाल के लिए आपको अच्छे प्रशिक्षण और अनुभव की आवश्यकता होगी।

☆ व्यवस्थित रूप से काम कीजिए और ऑर्डर मांगिए, नहीं तो बेचना बन्द कीजिए, क्योंकि इससे हम सिर्फ़ अपना समय बर्बाद कर रहे हैं और प्रतिस्पर्धा के लिए काम कर रहे हैं।

☆ अगर बेचने का कोई रहस्य है तो वह है ग्राहक की नज़र से देखना और चीज़ों को उसके और अपने नज़रिये से देखने की क्षमता का होना।

☆ जो सेल्सकॉल आनेवाले कल पर छोड़ दी जाती है, वह कभी भी नहीं होती। इसलिए काम को आज ही करना सीखिए।

☆ अगर सभी सम्भावित आपत्तियों को पहले ही दूर कर दिया जाएगा तो कुछ भी नहीं बिक पाएगा।

☆ बॉस को बिक्री के बारे में 'मेमो' लिखना बिक्री करने जैसा नहीं है।

☆ ईमानदार बनिए। अगर आप नहीं जानते हैं तो कह दीजिए, और अगर आप जानते हें लेकिन बताएंगे नहीं, तो भी कह दीजिए।

पुसी कैट सेल्समैन और टाईगर सेल्समैन

'पुसी कैट सेल्समैन' प्राथमिक सम्बन्धों को सुयोग बनाने और स्थापित करने के लिए उत्कृष्ट काम करता है। वह अच्छा प्रस्तुतिकरण करता है, लेकिन आपत्तियों के जवाब देने में बहुत तेज़ नहीं होता और जब ऑर्डर लेने आता है तब वह विनम्र बन जाता है। अच्छा बने रहने की आतुरता में वह अपना मुख्य लक्ष्य–ऑर्डर लेना–भी भूल जाता है।

टाईगर सेल्समैन सख्त स्टफ़ का बना होता है। वह सुयोग के लिए काम करता है, लेकिन दृढ़ भी रहता है। वह दृढ़तापूर्वक काम करता रहता है और हार नहीं मानता। वास्तव में, वह हर आपत्ति को, अपने उत्पाद के बारे में और ज़्यादा बताने के सुअवसर के रूप में देखता है और अन्ततः वह ग्राहक के हस्ताक्षर लेने में झिझकता भी नहीं है।

लम्बी अवधि में टाईगर सेल्समैन ज़्यादा दोस्त बनाते हैं व बिक्री भी ज़्यादा करते हैं।

☆ अच्छे व्यापारी हर हारे हुए ऑर्डर को एक तबाही मानते हैं। वो उनसे शिक्षा लेते हें और नए ऑर्डर पर सावधानी बरतते हैं।

☆ एक ग्राहक की शिकायतों को सुनना 90 प्रतिशत काम है, आवश्यक क़दम उठाना उसमें 7 प्रतिशत जोड़ता है, उसकी सन्तुष्टि को सुनिश्चित करना आगे की 3 प्रतिशत कार्रवाई है।

☆ अच्छे सेल्समैन संकट-मोचन होते हैं।

☆ किसी भी खेल में शामिल होने का एकमात्र रास्ता है कि लॉकर रूम से बाहर निकलो।

☆ हमेशा इस बारे में सोचिए कि सामनेवाला आदमी क्या चाहता है।

मंज़िलें तभी मिलती हैं जब हम अपनी कोशिशों का तालमेल दूसरों की कोशिशों से बैठाते हैं।

☆ अगर आपने सही समय पर बीज नहीं बोए हैं तो फ़सल की कटाई के समय कटाई नहीं कर पाएंगे।

☆ विपरीत परिस्थितियां सेल्समैन को बुद्धिमान बनाती हैं, अमीर नहीं।

☆ सहमत रहिए क्योंकि क़ानून महंगा है।

☆ पहले सोचिए, फिर बोलिए।

☆ बिक्री के ज़्यादातर मौक़े और किसी कारण से नहीं, बल्कि भावाभिव्यक्ति और विचाराभिव्यक्ति की अक्षमता के कारण खो जाते हैं।

☆ गंवाई हुई सेल का मूल्यांकन कीजिए।

करोड़पति मनोवृत्तिवाले लोग

एक व्यक्ति की कार्यक्षमता की तब तक कोई सीमा नहीं है, जब तक वह इस बात की परवाह नहीं करता कि काम का श्रेय कौन लेता है। टीम बनाने में सफलता मिलती है। अपना एक मज़बूत और महत्त्वपूर्ण ग्रुप बनाइए। अमरीकी अरबपति तेल के धनीमानी व्यापारी जे. पॉल, गैटी ऐसे लोगों के बारे में कहते हैं–"करोड़पति मनोवृत्तिवाले लोग जो सिर्फ़ आगे की सोचते हैं, मूल्य के प्रति जागरूक रहते हैं और मुनाफ़े के ही काम करते हैं।" ऐसे ही लोग अपने आसपास टीम बना लेते हैं। निश्चय ही यह एक ऐसा पिरामिड बन जाएगा जो कि चांद को भी छू लेगा।

☆ नकारात्मक सोचवाले सेल्समैन बुरी संगति हैं। और बुरी संगति का फल हमेशा बुरा होता है।

बेचारी मन्दविसर्पिनी नामक सफ़ेद जूं के साथ भी यही हुआ, जब उसने...पढिए पंचतंत्र की यह कहानी :

कुसंग का फल

एक राजा के शयनगृह में शय्या पर बिछी सफेद चादरों के बीच एक मन्दविसर्पिणी सफ़ेद जूं रहती थी। एक दिन इधर-उधर घूमता हुआ एक खटमल वहां आ गया उस खटमल का नाम था अग्निमुख।

अग्निमुख को देखकर दुःखी जूं ने कहा–हे अग्निमुख! तू यहां अनुचित स्थान पर आ गया है। इससे पूर्व कि कोई आकर तुझे देखे, यहां से भाग जा।

खटमल बोला–भगवती! घर आए दुष्ट व्यक्ति का भी इतना अनादर नहीं किया जाता, जितना तू मेरा कर रही है। उससे भी कुशलक्षेम पूछा जाता है। घर बनाकर बैठनेवालों का यही धर्म है। मैंने आज तक अनेक प्रकार कटु-तिक्त कषायअम्ल रस का ख़ून पिया है, कभी मीठा ख़ून नहीं पिया। आज इस राजा के मीठे ख़ून का स्वाद लेने दे।

जूं बोली–अग्निमुख! मैं राजा के सो जाने के बाद उसका ख़ून पीती हूं। तू बड़ा चंचल है, कहीं मुझसे पहले ही तूने ख़ून पीना शुरू कर दिया तो दोनों ही मारे जाएंगे। हां मेरे पीछे रक्तपान करने की प्रतिज्ञा करे, तो एक रात भले ही ठहर जा।

खटमल बोला–भगवती! मुझे स्वीकार है। मैं तब तक रक्त नहीं पीऊंगा जब तक तू नहीं पी लेगी। वचन-भंग करूं तो मुझे देव-गुरु का शाप लगे।

इतने में राजा ने चादर ओढ़ ली। दीपक बुझा दिया। खटमल बड़ा चंचल था। उसकी जीभ से पानी निकल रहा था। मीठे ख़ून के लालच से उसने जूं के रक्तपान से पहले ही राजा को काट लिया। जिसका जो स्वभाव हो, वह उपदेशों से नहीं छूटता। अग्नि अपनी जलन और पानी अपनी शीतलता के स्वभाव को कहां छोड़ सकता है? माटी जीव भी अपने स्वभाव के विरुद्ध नहीं जा सकते।

अग्निमुख के पैने दांतों ने राजा को तड़पाकर उठा दिया। पलंग से नीचे कूदकर राजा ने सन्तरी से कहा–देखो, इस शय्या में खटमल या जूं अवश्य है। इन्हीं में से किसी ने मुझे काटा है। सन्तरियों ने दीपक जलाकर चादर की तहें देखनी शुरू कर दीं। इस बीच खटमल जल्दी से भागकर पलंग के पावों के जोड़ में जा छिप। मन्दविसर्पिणी जूं चादर की तह में ही छिपी थी। सन्तरियों ने उसे देखकर पकड़ लिया और मसल डाला।

☆ कोई भी सेल्समैन कभी भी यह नहीं कहता कि उसने अपनी ग़लती के कारण ग्राहक गंवाया है।

☆ जब तक जोखिम न उठाया जाए, फ़ायदा नहीं हो सकता।

☆ एक बार आप अपना मुंह खोल लेते हैं और बोलना शुरू कर देते हैं तो आपके ग्राहक आपका सूक्ष्म परीक्षण शुरू कर देते हैं।

संगठन में शक्ति है

हमारा छारीर अच्छी तरह काम करे, इसके लिए बहुत ज़रुरी है कि इसके सभी अंग पूरी तरह से एक-दूसरे के साथ तालमेल बैठाकर काम करें। अगर एक भाग भी ख़राब हो जाए या कमज़ोर पड़ जाए तो वह पूरे शरीर को भी पंगु बना देता है। 'संगठन में शक्ति है' की धारणा को समझाने के लिए यह सबसे सरल और सटीक उदाहरण है।

एक मशीन में, कल-पुर्जों के भिन्न-भिन्नघटक ही होते हैं जो कि एक साथ काम करते हैं ताकि वो चल सकें। काम की परिस्थितियों के बारे में भी यही बात सच है, जहां हर एक को मिलकर काम करना चाहिए। और, एक बार जब आप काम करने ही लग गए हैं तो क्यों न मुस्कुराकर काम किया जाए? मुस्कुराते हुए चेहरे से अपने सहयोगी का साथ मांगिए। हल्की-सी उम्मीद है कि वो 'न' कह देंगे। मुस्कुराहट तेल की उस बूंद के समान है जिससे पेचीदा मानवीय कलपुर्जे बिना किसी प्रतिरोध के काम करते हैं। मुस्कुटाहट बिखेरिए और आपका कार्य-स्थल आपके लिए बेहतरीन स्थल बन जाएगा।

☆ एक सेल्समैन की समस्या काहिली है, न कि अज्ञान।

☆ जो भी लड़ाइयां आपने लड़ी हैं, उन्हें इकट्ठा कीजिए और चुनिए, हर समस्या को एक युद्ध मत बनाइए।

☆ क्षेत्र प्रदर्शनों को अन्तिम हथियार के रूप में काम में लें।

☆ शक्ति का अपना महत्त्व होता है, लेकिन जो लड़ता ही नहीं वो जीतेगा भी नहीं।

☆ सख्ती और सेल्समैनी एक साथ नहीं चल सकते।

☆ कुछ सेल्समैन भूल जाते हैं कि वो सेल्समैन हैं और पी.आर. बनने की कोशिश करते हैं। बिक्री की बजाय वो प्रशंसा पाने का प्रयास करते हैं।

☆ एक ग्राहक बनाने में 10,000 रुपये लगते हैं। गंवाने में 10 सेकेंड लगते हैं। एक समस्या को ख़त्म होने में 10 साल लग जाते हैं।

जो मनुष्य अपने क्रोध
को अपने ही ऊपर झेल
लेता है, वही दूसरों के
क्रोध से बच सकता है।
वही अपने जीवन को
सुखी बना सकता है।

– सुकरात

☆ मौन बातचीत की एक महान कला है।

☆ सुअवसर शायद छूट जाएं, लेकिन आपको दूसरे अवश्य मिलेंगे।

☆ कभी न गिरना उपलब्धि नहीं है। असली उपलब्धि है गिरकर फिर उठना।

☆ असफलता का कारण सेल्समैन में ही होता है, लेकिन अक्सर वो इसे ग्राहक में ढूंढ़ने का प्रयास करता है।

☆ एक आदमी कहता है, 'रात ख़त्म हो गई है', जबकि कोई दूसरा कहता है, 'सुबह आ रही है।' यही आशावादी नज़रिया है।

आशावादी किसे कहते हैं

एक किसान के लड़के ने अपने अनपढ़ पिता से पूछा, "पिताजी, आशावादी किसे कहते हैं?"

पिता ने पुत्र से कहा, "सुनो बेटे, तुम यह तो जानते ही हो कि मैं अनपढ़ हूं। काला अक्षर मेरे लिए भैंस बराबर है। जिस प्रकार मैं अन्य बड़े-बड़े कठिन शब्दों के शब्दकोश में दिए अर्थ नहीं बता सकता, उसी प्रकार मैं 'आशावादी' का भी वैसा अर्थ बताने में असमर्थ हूं; लेकिन इसका क्या मतलब होना चाहिए, इसके विषय में मेरा एक तरह का अनुमान कह लो या अटकल कह लो, वह यों है। तुम्हें तो शायद अपने ताया अमर की याद नहीं होगी; लेकिन मेरे ख्याल में, अगर आजकल दुनिया में कुछ आशावादी व्यक्ति

हुए हैं, तो तुम्हारा ताया अमर भी उनमें से एक था। कोई भी चीज़ आड़े नहीं आती थी। वह हर चीज़ से अपना तालमेल बैठा लेता था। ख़ासतौर पर, कोई भी मुश्किल काम उसके लिए क़तई मुश्किल न था। उसके हाथ में आकर वह सुन्दर व सरल हो जाता था। उसके हाथ में आने के बाद कठिनाई मानो उड़नछू हो जाती थी। मुश्किल काम उसके लिए विनोद होता था। वह उसे मनोरंजन समझकर और मनोरंजन के ढंग से ही करता था। हर काम–चाहे वह मुश्किल हो, चाहे आसान–उसके लिए आनन्दकारी था।

"अब ज़रा मक्का की गोड़ाई के काम की ही बात लो। कड़कती धूप में मक्का की गोड़ाई करने की बात सुनकर ही मेरी नानी मरती थी। मैंने कभी किसी काम से जी चुराया है, तो इस गोड़ाई ही से। लेकिन खेत में जब अमर मेरे संग होता था, तो बात ही दूसरी हो जाती थी। जब वह देखता कि मैं गोड़ाई में कुछ पिछड़ गया हूं, तो वह पौधों की अगली कतारों की ओर इशारा करते हुए कहता–'भैया रे, क्या कहना है तुम्हारा और तुम्हारी फुर्ती का। जब हम अगली दो पांतों की, और इनसे अगली अठारह की, गोड़ाई कर चुकेंगे, तो आधी क्यारी का काम तो बस निबटा समझो।' और वह यह बात कुछ ऐसे उत्साहपूर्ण लहज़े में कहता कि मैं उसकी इस बात पर रीझ उठता, मानो सारी क्यारी का काम उसके ऐसा कह देनेमात्र से ही समाप्त हो गया हो। बस, फिर क्या था! बाक़ी का काम मेरे लिए इतना आसान और हलका हो जाता कि क्या कहूं। बिना खीझ व झुंझलाहट के मैं उसका साथ देता और हाथ का काम निबटा लेता।

"लेकिन खेत में से ढेले और पत्थर–बीनकर बाहर फेंकने का काम तो गोड़ाई के काम से कहीं मुश्किल था, और खेत के कामों में सबसे नीरस व अरुचिपूर्ण था। गोड़ाई करना तो इसके सामने बच्चों का खेलमात्र था। जब हमें खेत में कोई फ़सल उगानी होती, तो कंकर बीनते-बीनते जान आफ़त में आ

जाती। हमारे पुराने फ़ार्म पर ढेलों–कंकरों की भी कोई गिनती ही न थी। कंकर बीनने का काम कभी ख़त्म होने का नाम ही न लेता था। जब करने को और कोई आवश्यक उतावलीवाला काम न होता, तो भी पत्थर बीनने का यह नामुराद काम हमेशा मुंहबाए पड़ा मिलता। ऐसे समय में हमें कंकर-पत्थर बीनने में ही पिलना पड़ता। और जब नई फ़सल के लिए खेत में फिर से हल चलाया जाता, तो ऐसा लगता कि इस बार फ़िर नए सिरे से पत्थर चुनने की ज़हमत उठानी पड़ेगी।

"लेकिन यदि तुम अपने ताया अमर की, उस नीरस काम के सिलसिले में बातें सुनते, तो शायद तुम्हें यह जान पड़ता कि दुनिया में पत्थर बीनने से बढ़कर और कोई मनोरंजन ही नहीं है। मेरी जान-पहचान में कोई भी आदमी ऐसा नहीं जो खेत से पत्थर चुनने के इस कार्य को इतना सरल और मनोरंजक मानता हो। इस काम के विषय में उसका दृष्टिकोण ही कुछ अलग था। एक बार की बात है। मक्का के पूरे-के-पूरे खेत में गोड़ाई हो चुकी थी। घास भी अभी इतनी बड़ी न थी कि उसकी कटाई हो पाती। मैं मछली पकड़ने के लिए जाने को तैयार था। मैं बंसी–जाल से लैस हो चुका था। इतने में हुआ क्या, बापू आ गए और उन्होंने हमें खेत के पश्चिमी भाग से कंकर चुनने में लगा दिया। मैं रोने को हो रहा था कि इतने में अमर चहक उठा, 'भैया मेरे संग तो आओ! मुझे पता है कि खेत में कहां सोने के ढेरो डले पड़े हैं।'

"क्या अब तुम बता सकते हो कि आगे क्या हुआ होगा? हुआ यह कि भैया ने पत्थर बीनने के उस काम को एक तरह से मनोरंजक खेल में परिणत कर दिया। उसने किया यह कि हमारे खेत का नाम रख दिया–'आनन्द की ख़ान' और उसने खेत में से पत्थरों को ऐसे निकालना शुरू कर दिया, मानो वह सोने की खान में से सोने के डले निकाल रहा हो। उसने अपने इस खेल में मुझे भी शामिल कर लिया। तुम्हारी क़सम, उस खेल में इतना मज़ा आया कि मुझे सारा दिन यह लगता

रहा जैसे मैं कैलिफ़ोर्निया की सोने की ख़ानों में से सोना निकालता रहा होऊं।

"जब हम दिन का काम समाप्त कर चुके तो अमर बोला, 'इन सोने के कच्चे डलों से अमीर होने का केवल एक ही तरीक़ा है; और वह है इनसे मुक्ति पाना अर्थात खेत से इन्हें निकालकर बाहर करना न कि इन्हें प्राप्त करना अथवा इन्हें संजोए रखना।'

"यद्यपि उसकी यह बात मुझे और मेरी कल्पना को कुछ जंची नहीं, किन्तु यह तो मानना ही पड़ेगा कि हमने काम को खेल-खेल में ही किया और इस प्रकार हमने खेत में से कंकर-पत्थर मज़े-मज़े में निकाल बाहर किए।

"और, जैसा कि मैं पहले कह चुका हूं, मैं 'आशावाद' की शब्दकोश में दी गई परिभाषा बताने में असमर्थ हूं, लेकिन इतना मैं ज़रूर कह सकता हूं कि यदि तुम्हारा ताया अमर 'आशावादी' व्यक्ति नहीं था, तो मेरे ख़याल में दुनिया में कोई भी आशावादी नहीं है–या फिर मैं ही नहीं जानता कि 'आशावादी' कहते किसे हैं।"

☆ बोलना महान है, लेकिन मौन महानतम।

☆ सबसे गहरे पानी में ही मछली पकड़ी जाती है।

☆ जो हो चुका है उसके बारे में एक सेल्समैन को जितना विस्तृत ज्ञान होगा, उसकी बेचने की सफलता भी उतनी ही बड़ी होगी।

☆ दूसरों की शिकायत करना अक्सर अपनी कमज़ोरी को क़बूल करना है।

☆ डाक टिकट अपनी सफलता सुनिश्चित कर लेती है क्योंकि इसमें एक ही चीज़ के साथ तब तक चिपके रहने की क्षमता है, जब तक वो अपने गन्तव्य पर पहुंच नहीं जाती।

मिलकर काम करना सभी के लिए उत्तम है।

☆ हममें से अधिकतर लोग ख़ुद को सेल के लिए कम करके आंकते हैं।

☆ अपने सेल्समैन को प्रशिक्षण दीजिए कि वह ग्राहक से उसी की भाषा में बात करे।

☆ अगर एक शिकारी एक जानवर की परछाईं को गलती से जानवर समझकर गोली चलाता है तो अन्त में उसे ख़ाली कारतूस के अतिरिक्त और कुछ नहीं मिलेगा।

☆ प्रतिभा सिर्फ़ समर्थ बनानेवाली होती है। क्षमता वह इंजन है जो काम को सम्भव बनाता हे और यह सिर्फ़ पसीने, आघातों, ग़लतियों और निराशा से ही पैदा होती है।

☆ जब एक दरवाज़ा बन्द हो जाता है तो दूसरा खुल जाता है।

☆ बिक्री बाद की अच्छी सेवा आपका मार्किट शेयर बढ़ा देती है।

☆ बेहतर क्वालिटी सेवा से सम्बन्धित कम समस्याओं के बराबर है।

विपत्ति भी वरदान

छिन्नोऽपि रोहति तरुः, क्षीणोऽप्युपचीयते पुनश्चन्द्रः।
इति विमृशन्तः सन्तः सन्तप्यन्ते न विप्लुता लोके ॥

कटा हुआ वृक्ष पुनः पल्लवित होकर विशालकाय बन जाता है। क्षीण होता हुआ चन्द्रमा भी धीरे-धीरे पूर्णिमा का चांद बनकर चमकता है। मृत्यु पर जीवन की विजय सुनिश्चित है। इस सत्य को समझकर सन्त पुरुष संसार में महान-से-महान विपत्ति आने पर भी व्याकुल नहीं होते।

प्रत्येक अन्धकारमयी रात्रि के बाद सूरज का उजाला अवश्य आता है और हर पतझड़ के बाद वसन्त की बहार में फूल अवश्य खिलते हैं। सृष्टि के इस नियम को समझनेवाले मनुष्य कभी भी विपत्तियों से निराश नहीं होते। प्रायः विपत्तियां ही आनेवाली सम्पत्ति के बीज बो जाती हैं। नदी का जल-प्रवाह बरसात में कुछ समय के लिए गांव को निर्जन बनाता है, किन्तु वही प्रवाह खेतों को उपजाऊ बना देता है। ज्वालामुखी पर्वत के फटने से कई गांव पृथ्वी में समा जाते हैं किन्तु ज्वालामुखी की आग ही देशों को धन-दौलत निकालकर देती है। उस भूमि में अनमोल खनिज पदार्थ समा जाते हैं।

विधाता के हर काम में कल्याण की बीज होता है। मनुष्य अल्प-बुद्धि होने के कारण उसके रहस्य को समझ नहीं पाता। इसीलिए विपत्ति के समय भाग्य को दोष देता है। उचित यह है कि विपत्ति का लाभ उठाकर मनुष्य उन्नति का नया मार्ग बनाए। प्रत्येक विपत्ति नया प्रकाश देने के लिए ही आती है। मनुष्य को चाहिए कि वह विपत्ति को भी वरदान समझे। एक प्रसिद्ध विद्वान की इस उक्ति में बड़ा सार है कि समृद्धि में इसीलिए सुखी रहो कि तुम्हारी समृद्धि में हज़ारों तरह की चिन्ताओं का भार नहीं है। अगर तुम यशस्वी हो तो यश में प्रसन्नता पाओ और यदि अप्रसिद्ध हो तो इसलिए सुख मानो कि तुम लागों की ईर्ष्या-द्वेष से बचे रहोगे।

मुनाफ़ा कोई बुरा शब्द नहीं है...

मुनाफ़ा हमें आगे बढ़ानेवाली ड्राइविंग फोर्स है। यह बिजनेस में हमारी सफलता का पैमाना है। जैसे-जैसे समय गुज़रता जाता है और आप पाते हैं कि आप मुनाफ़ाख़ोर (जिसका अर्थ ग़लत तरीक़े से पैसा कमाना भी है) नहीं हैं, तो मुनाफ़ा कमाने के लिए शर्म महसूस नहीं करनी चाहिए। यह तो आपका क़ानूनी अधिकार है, आपकी उन्नति का मक़सद है, आपके लिए उपहार है कि आप ग्राहकों को अच्छे उत्पाद और सेवाएं प्रदान करें।

लेकिन अगर आप अच्छी क्वालिटी और सेवा से आगे मुनाफ़े को रखते हैं तो यह घोड़े के सामने गाड़ी रखने की तरह है; जिसका साफ़ मतलब है कि बिजनेस आगे कैसे बढ़ेगा!

और, दूसरी तरफ़ यदि क्वालिटी और सेवा के लिए कड़ी मेहनत करते हैं तो यह आपके बिजनेस को सरपट आगे बढ़ाएगा, और मुनाफ़ा आपकी ओर खिंचा चला आएगा।

यही सफलता है! क्वालिटी का मतलब है–सेवा समस्याओं के लिए दी जानेवाली कमतर सुविधाएं।

☆ बिजनेस में ग्राहक को यदि सेवाएं देर से मिलती हैं, तो इसका नतीजा है–बहुत धीमी गति से उन्नति; और यदि सेवाएं अपेक्षा से ज़्यादा एवं पहले मिलती हैं, तो इसका नतीजा है–मुनाफ़े में कमी। इसलिए देर से सेवाएं देने और ज़्यादा सेवाएं देने के अन्तर को जानने की कला ही बिजनेस का प्रबन्धन है।

☆ अगर एक पुर्ज़े की मरम्मत करने से वह नए जैसा ही बन जाता है तो उसे निकालकर नया पुर्जा मत लगाइए। ठीक इसी तरह अगर एक पुर्जा ज़्यादा लम्बे समय तक नहीं चल सकता तो उसकी मरम्मत करने की ज़रूरत नहीं है। यह बात अपने ग्राहकों को भी बताइए।

☆ जब कोई ग्राहक आपके पास बिक्री बाद की सेवाओं के लिए आए, तब आपमें 'बहुत जरूरी' वाली भावना होनी चाहिए।

☆ ग्राहकों को अच्छी सेवाएं देने के बाद परिणाम आने में तीन साल लग सकते हैं। जल्दी हिम्मत मत हारिए।

☆ जब कोई ग्राहक आपके पास अच्छी सेवाओं के लिए आए, तब आप उसे ध्यान से सुनिए।

> यदि तुम चाहते हो कि
> तुम्हारे मरते ही संसार
> तुम्हें भूल न जाए, तो
> या तो पढ़ने योग्य
> रचनाओं की सृष्टि करो
> या वर्णन करने योग्य
> कर्म करो।
>
> **–फ्रैंकलिन**

☆ बहुत से व्यापार सेवा-सुविधा न होने पर भी सफल हुए हैं, लेकिन उपयुक्त सर्विसमैन के बिना एक भी नहीं।

☆ दूसरों के अनुभव से सीखना बहुत अच्छी बात है।

☆ सभी सफलताओं का महानतम रहस्य है–धैर्य। और सभी विफलताओं का महानतम रहस्य है–अधीरता।

सेल्समैन की ज़िद्द

एक सेल्समैन को आख़िरकार अध्यक्ष से मिलने का मौक़ा मिल ही गया, जिसने उसे झिड़कते हुए कहा, "नौजवान, आपको सन्तुष्ट हो जाना चाहिए कि मैंने आपको अन्दर आने की इजाज़त दे दी। आज ही मैंने पांच सेल्समैनों को बाहर से ही वापस कर दिया।"

"मैं जानता हूं," उस नौजवान सेल्समैन ने कहा, "पांचों बार मैं ही तो था।"

☆ सबकुछ हार जाने के बाद भी अगर आपमें हिम्मत है, तो आपको यह मान लेना चाहिए कि आपने सबकुछ नहीं खोया है।

☆ बिक्री के बाद की सेवाओं की लागत ज़्यादा होती है क्योंकि निर्माण–प्रक्रिया के हर क़दम पर क्वालिटी को बनाए रखना यह तय करता है कि आगे चलकर वो लागत कम हो जाएगी।

☆ बिजनेस टैनिस के खेल जैसा है, जो अच्छी सर्विस करता है, वो शायद ही कभी हारता है।

☆ बिक्री तो असल में बिकने के बाद ही शुरू होती है, उससे पहले नहीं।

☆ जब तक आप ख़ुद नहीं जांचेंगे, आपका स्टाफ़ आपके ग्राहकों की ज़रूरत से कम सेवा करने का हर सम्भव उपाय करेगा।

☆ लगातार स्वयं से की जानेवाली सकारात्मक बातचीत हमारी ख़ुद की छवि को बदल देती है। और फिर हम अपने आप को जो भी सुझाव देंगे, वो हमारे कामों से झलकेगा।

☆ सेवा ही हमारी सफलता है।

बुनना–उधेड़ना, बुनना–उधेड़ना, फिर बुनना–फिर उधेड़ना...इसका क्या अर्थ रह जाता है...? गुणवत्ता का मतलब है, पहली बार में ही सही काम करना।

☆ एक अच्छा व्यापारी अपने व्यापार को ख़रीदारी की नज़र से भी देखता है और बहीखाते की नज़र से भी।

☆ एक अच्छा मैनेजर हमेशा रेत से भरी बाल्टी तैयार रखता है और वह उन स्थानों पर नज़र रखता है, जहां से धुआं उठने की गुंजाइश हो। इस प्रकार वह तबाह कर देनेवाली आग को रोकने में क़ामयाब हो जाता है।

☆ काम के महत्त्वपूर्ण पलों में टेलीफ़ोन बाधक न बने, इस बात का ध्यान रखें। क्योंकि यह आपकी सहूलियत के लिए है, न कि फ़ोन करनेवालों की।

बिज़नेस वहीं जाता है, जहां उसे बुलाया जाता है और वहीं रहता है, जहां उसके साथ अच्छा बर्ताव किया जाता है।

☆ कम्पनी और उसके विक्रेता, दोनों ही भागीदार होते हैं। यदि वे एक-दूसरे की भागीदारी का ख़याल नहीं रखते, तो यह भागीदारी ज़्यादा नहीं चल पाती।

☆ लोगों की आंखों में झांकिए।

☆ सिर्फ़ एक धक्के से ही किसी दीवार को नहीं गिराया जा सकता। इस तरह वो दीवार तो खड़ी रहेगी। लेकिन धक्का मारनेवाले का सिर फूट जाएगा।

☆ हम मनों आकड़े आदि इकट्ठा करने में लगे रहे, लेकिन वो न कार बना सके, न बेच सके।

☆ धैर्य से काम करने के बाद ही सफलता मिलती है, कई बार लोग इन्हें उल्टे क्रम में रखने की कोशिश करते हैं।

☆ वादा–ख़िलाड़ी करने से बेहतर है कि सलीके से इनकार कर दिया जाए।

बुद्धिमान मनुष्य मूर्खों से जितनी शिक्षा प्राप्त करते हैं, उतनी मूर्ख बुद्धिमानों से नहीं।

☆ जानने की कोशिश कीजिए कि ग्राहक क्या चाहता है। इससे शायद आपको आश्चर्य हो! कई बार, हो सकता है कि वो कुछ न चाहे। और कभी आप जानेंगे कि वो सिर्फ़ इतना ही चाहता है कि आप उसकी बातों पर ध्यान दें जिससे वह अपनी भड़ास निकाल सके।

☆ अपने मित्र के माथे से एक मक्खी को कभी भी छुरी से नहीं हटाना चाहिए।

☆ सेवा, सेवा, सेवा और ज़्यादा सेवा। हर कोई इसे चाहता है लेकिन ज़्यादातर इसे देना नहीं चाहते।

☆ जब पेड़ के पत्ते हरे हों, तो उसे हिलाने का कोई फ़ायदा नहीं है।

☆ सफल सेल्समैनी में आते हैं–90 प्रतिशत तैयारी और 10 प्रतिशत प्रेज़ेन्टेशन।

☆ विजेताओं में तेज़ी से आगे बढ़ने की अद्भुत शक्ति होती है, जो उन्हें विजय दिलाती है।

जाऊंगा तो मिलेगा, नहीं जाऊंगा तो नहीं मिंलगा

एक बूढ़ा आदमी, एक मील चौड़ी नदी को, अपनी नाव में मुसाफ़िरों को पार कराने के 10 पैसे लेता था। जब उससे पूछा गया कि वह कितनी बार इधर-उधर आता-जाता है, तो उसने जवाब दिया : "जितनी ज़्यादा बार मैं जा सकता हूं क्योंकि जितना ज़्यादा मैं जाऊंगा उतना ही ज़्यादा मुझे मिलेगा और अगर मैं नहीं जाऊंगा तो मुझे नहीं मिलेगा।"

बस, आपको यही सब जानने की आश्यकता हैं यही सब यानी-बिजनेस, अर्थशास्त्र, सम्पन्नता और आत्म-सम्मान।

☆ ग्राहकों में ऐसे लोगों को याद रखने की अद्भुत क्षमता होती है जो कि अच्छे और कम अच्छे यानी हर तरह के समय में उनसे मिलते हैं। ग्राहकों को बारहों महीने सेवा चाहिए। इसलिए मौसमी सेल्समेन के रूप में बदनाम होने से बचिए।

☆ अक्लमन्दी इस अन्तर को जानने में है कि कब आप ध्यान से बोल रहे हैं और कब आपकी बात पर उंगली उठाई जाती है।

☆ अगर मैं नहीं जाऊंगा, तो मुझे नहीं मिलेगा...

☆ अगर आपका काम बाहर बिक्री करना है, तो बाहर ही रहिए।

☆ व्यवस्थित होने का मतलब है प्रेरित होना।

☆ एक सामान्य सेल्समैन न बनकर, एक सलाह देनेवाला सप्लायर बनें। ग्राहकों के प्रश्नों के उत्तर ढूंढ़ें।

☆ एक जीतनेवाले नज़रिये के बारे में बेजोड़ बात यह है कि वो अपने आपको स्थाई बना लेता है।

मेहनत और भाग्य के बीच का अनुपात 70:30 का है।

☆ सावधानी से प्रश्न पूछिए–लेकिन उनको ही सुयोग की बात करने दीजिए।

☆ ग्राहक हमारे नज़रिये से प्रभावित होते हैं। बिक्री की उपलब्धि बिक्री के प्रति आपके नज़रिये पर निर्भर करती है, यानी–बेचने की इच्छा, बिजनेस पाने की इच्छा और उसके पीछे लग जाने का जुनून।

ध्येयनिष्ठा

एक आदमी को एक नवयुवक की ज़रूरत थी। उसके विज्ञापन के उत्तर में तीस लड़के आए। उस चतुर मालिक ने कहा, "देखो, उस दीवार पर निशान लगा हुआ है और यह रही गेंद अब देखना है कि तुममें से कौन सात बार में से सबसे ज़्यादा निशाने लगाता है।" कोई भी निशाना न लगा सका। तब उस आदमी ने कहा, "कल फिर आना और देखना कि तुम्हारे निशाने लगाने में कुछ सुधार हुआ है या नहीं।"

दूसरे दिन केवल एक लड़का फिर आया। उसने कहा कि वह परीक्षा के लिए तैयार है और जब उसने गेंद फेंकनी शुरू की तो वह हर बार निशान के ठीक बीच में लगी।

"ऐसा कैसे हुआ?" उस आदमी ने आश्चर्यचकित होकर पूछा।

वह लड़का बोला, "मुझे इस नौकरी की बहुत आवश्यकता है, ताकि मैं अपनी मां की सहायता कर सकूं। इसलिए मैं सारी रात अपनी झोपड़ी में अभ्यास करता रहा था।" यह कहने की आवश्यकता नहीं कि उसे वह नौकरी मिल गई, क्योंकि वह लड़का अच्छी प्रकृति का था और उसने अपने उस गुण को छिपाकर नहीं रखा, बल्कि उसका समुचित प्रयोग किया।

काम करने का बीज बोइए और आदत की फ़सल काटिए,

आदत का बीज बोइए और चरित्र की फ़सल काटिए,

चरित्र बोइए और भाग्य की फ़सल काटिए।

सुस्ती से लेटे हुए, भाग्य से फल के गोदी में गिरने का इन्तज़ार करने की बजाय अच्छा है कि कठोर परिश्रम को अपनी रोज़ की आदत बना लिया जाए। भाग्य के पौधे को पसीने की बूंदों से सींचिए और इसे बढ़ते और फलते हुए देखिए।

भाग्य की देवी उन्हीं पर मुस्कुराती हैं जिनमें टक्कर लेने की, प्रयास द्वारा प्राप्त करने की, ढूंढ़ लेने की और न छोड़ने की इच्छा हो। जो लोग लगातार काम करते हैं और कभी नहीं हारते, उनके लिए चमत्कार भी होते हैं और असम्भव भी सम्भव हो जाता है।

☆ लाभ और फ़ार्मूले बेचने के लिए, सावधानी से सुनिए।

☆ सुयोग के लाभ के लिए मेहनत से बेचिए, न कि अपने लाभ के लिए।

☆ आपत्तियों के जवाब दीजिए। तैयार रहिए।

> जो दूसरों को जानता है वह शिक्षित है,
> किन्तु जो स्वयं को पहचानता है वह बुद्धिमान है।
>
> **–लाओत्जे**

☆ सकारात्मक और 'हां' में जवाब पाने के लिए प्रश्न पूछिए।

☆ एक पेशेवर सेल्समैन, जैसे कि एक डॉक्टर या फिर एक इंजीनियर, बिक्री के लिए विविध क्षमताओं का प्रयोग करते हैं।

☆ प्रेज़ेन्टेशन के लिए प्रैक्टिस कीजिए– ख़ासकर नए उत्पादों के लिए, जो आपके लिए नए हों।

☆ एक व्यक्ति ग़लती करने के बाद अगर सुधार नहीं करता, तो वह दूसरी ग़लती कर रहा होता है।

☆ हर कर्मचारी ग्राहकों की सन्तुष्टि में योगदान देता है।

☆ 'बेचना' बहुत आसान है! किसी भी पेशे के लिए यह एक व्यावहारिक समझवाली बात है।

जितनी मेहनत से कोशिश करेंगे, हम उतने ही भाग्यशाली होंगे।

☆ एक पेशेवर सेल्समैन की कला में, उत्पाद की जानकारी सिर्फ़ 20 से 30 प्रतिशत होती है। बाक़ी का 70 से 80 प्रतिशत हिस्सा बेचने की कुशलता और व्यवहार में बंटा हुआ होता है।

☆ उत्पाद चाहे जो भी हो, बेचने का ढंग लगभग एक जैसा ही होता है।

☆ सकारात्मक बिक्री का नज़रिया कौतूहल और आत्मविश्वास से भरा हुआ होता है।

☆ ख़रीदार आपके दरवाज़े तक का रास्ता ख़ुद ही बना लेंगे... बशर्ते आप उनके घर तक पहले रास्ता बनाएं।

☆ आमतौर पर सेल्समैन ध्यान से नहीं सुनते। उनमें यह एक ग़लत धारणा होती है कि उन्हें बोलते ही रहना चाहिए, चाहे सामनेवाला सुने या ना सुने। सामनेवाला जो भी कहता है, उसे ध्यान से सुनिए।

☆ अगर आप अपने ग्राहकों के दुख में दुखी नहीं होते तो आपको विक्रय-क्षेत्र से बाहर ही जाना चाहिए।

मूर्खों से अपनी प्रशंसा सुनने की अपेक्षा बुद्धिमानों की लताड़ सुनना श्रेयस्कर है।

☆ पराजय चाहे कितनी ही महान क्यों न हो, यह हमेशा अस्थाई होती है। लेकिन बेहतर तैयारी के साथ अगली बार उसे जीत में बदला जा सकता है।

☆ जब ग्राहक पलटकर सेवा के लिए आता है, तब मैं उसे बेहतरीन सेवा देने का हर सम्भव प्रयास करता हूं। आपको एक डॉक्टर जैसा होना चाहिए। अगर उसकी कार में कुछ ख़राबी हो तो उसके लिए आप ख़ुद भी दुखी होइए।

☆ एक पत्र लिखने में 96 प्रतिशत भूमिका सोचने की होती है और केवल 4 प्रतिशत भूमिका लिखने की होती है। एक पत्र में नए विचार अवश्य होने चाहिए, ताकि पत्र-प्राप्तकर्ता उस पर काम कर सके। काम कर लेने के बाद उसे याद रख सके।

दूसरों की भी सुनें।

–सन्त ऑगस्टाइन 334–430

☆ एक सेल्स मैनेजर के बैग में सबसे ज़्यादा काम की चीज़ है सेल्स-पत्र, जिससे वह ग्राहकों के साथ अपने सम्पर्क बढ़ाने में और भावी ग्राहकों के आसार बढ़ाने में सक्षम होता है।

☆ अच्छा कहने से बेहतर है कि अच्छा किया जाए।

☆ कम्पनी के लैटर हैड पर जितने भी पत्र लिख जाएं, वे सेल्स पत्र ही होने चाहिए। फिर चाहे वो कम्पनी का सामान बेचें या फिर कम्पनी की ख्याति।

☆ दुर के स्थानों में जहां पर हमारे सेल्समैन सम्पर्क स्थापित नहीं कर पाते, वहां पर सेल्स-पत्र सम्पर्क बनाने और बिक्री कराने में समर्थ होते हैं। आपके इलाके में भी कुछ स्थान ऐसे होंगे, जहां पहुंचना आपके लिए महंगा पड़ता होगा और अख़बार में विज्ञापन देना भी महंगा पड़ता हो, तो क्यों न वहां पर सेल्स-पत्र भेजने की कोशिश की जाए?

कर्म ही प्रधान है

ब्रह्मा येन कुलालवन्नियमितो ब्रह्माण्डभाण्डोदरे,
विष्णुर्येन दशावतारगहने क्षिप्तो महासङ्कटे।
रुद्रो येन कपालपाणिपुटके भिक्षाटनं कारितः,
सूर्यो भ्राम्यति नित्यमेव गगने, तस्मै नमः कर्मणे ॥

कर्म की बड़ी महिमा है। भगवान भी कर्मशील है। अपनी कर्मठता के कारण ही ब्रह्मा इस विशाल ब्रह्मांड का निरन्तर निर्माण करता है। जगत-नियन्ता और निर्माता का कोई भी क्षण ऐसा नहीं होता जो कर्महीन हो। विश्व के संकट का निवारण करने के लिए भगवान विष्णु दस अवतार ले चुके हैं। कभी वह राम के रूप में अवतरित हुए और कभी कृष्ण के रूप में, किन्तु अभी तक संकट निवारण नहीं हुआ। प्रतिदिन जगत में नया संकट पैदा होता है और उसे दूर करने के लिए भगवान को यत्नशील होना पड़ता है। घोर नास्तिक को नष्ट करने के लिए नृसिंह अवतार लेना पड़ा, कंस और रावण के नाश के लिए कृष्ण और राम के रूप में प्रकट होना पड़ा।

महारुद्र के रूप में आकर भगवान को कपाल लेकर भिक्षा मांगनी पड़ती है। भगवान की दिव्य शक्तियां भी सदैव कर्मरत रहती हैं। जगत को उजाला देनेवाला सूर्य प्रतिक्षण परिक्रमा करता रहता है। जीवमात्र की मां धरती को सूर्य की परिक्रमा करनी पड़ती है और आकाश के कोटि-कोटि तारे सदैव अनन्त वेग से चक्कर काटते रहते हैं। अनन्त बनी वायु कभी विश्राम नहीं लेती। नदियां ऊंचे शिखर से उतरकर नीचे की ओर बहती रहती हैं। समुद्र का जल भी ज्वारभाटा बनकर गतिशील रहता है। कालचक्र कभी थमता नहीं है। जीवन और मृत्यु, दिन और रात, सुबह और शाम, एक के पीछे एक, निरन्तर चलते रहते हैं। ऐसे कर्मरत संसार और कर्म को हमारा नमस्कार।

☆ "मुझे ख़ेद है कि आपको परेशानी हुई, लेकिन मुझे ख़ुशी भी है कि आपने इस बारे में मुझे बताया जिससे कि मुझे आपकी मदद करने का एक मौक़ा मिलेगा।" ऐसे साधारण शब्दों ने चमत्कार किए हैं।

सफलता एक यात्रा है, मंज़िल नहीं

सुनिश्चित कीजिए कि आप सही राह पर हैं, सही दिशा में बढ़ रहे हैं–बजाय सही रफ़्तार के।

☆ एक औसत कम्पनी में जितनी भी शिकायतें मिलती हैं, उनमें से 24 ग्राहकों को सेवा-सम्बन्धी शिकायतें होती हैं, जिनमें से छ: को गम्भीर समझना चाहिए।

☆ जिन ग्राहकों ने शिकायत की है और उनकी शिकायत को दूर किया गया है, वे औसतन पांच और लोगों को इस अनुकूल व्यवहार के बारे में बताएंगे।

☆ अगर शिकायत ग्राहक के अनुकूल दूर न भी की गई हो, तब भी दुबारा उनसे व्यापार होने की सम्भावना बढ़ जाती है, सिर्फ़ इसलिए कि उनकी शिकायत को किसी ने ध्यान से सुना है।

☆ मनुष्य परिस्थितियों का दास नहीं, अपितु परिस्थितियां मनुष्य की दासी हैं।

कौन, कोई, क्या और किसी

यह चार व्यक्तियों की कहानी है जिनके नाम कौन, कोई, क्या और किसी थे। एक आवश्ययक कार्य किया जाना था और कौन आश्वस्त था कि कोई इसे कर देगा। क्या यह कार्य कर सकता था परन्तु किसी ने नहीं किया। कोई इस बारे में क्रोधित हो गया क्योंकि यह कौन का काम था। कौन ने सोचा कि क्या इसे कर सकता था लेकिन किसी ने महसूस किया कि कौन इसे नहीं करेगा। निष्कर्ष यह था कि कौन ने कोई को दोषी ठहराया जबकि किसी ने वह काम कर दिया जो कि क्या कर सकता था।

आधुनिक युग का अस्त्र: मार्किटिंग

☆

अपना मनपसन्द काम चुनिए...

...नहीं तो काम को मनपसन्द बना लीजिए।

मार्किटिंग का कॉन्सेप्ट, यूं तो बहुत पुराना नहीं है, पर इसकी जड़ें पुराने समय से चली आ रही विक्रय-प्रक्रिया की अवधारणा में निहित है जब चीज़ो यानी वस्तुओं और सेवाओं का आदान-प्रदान ही सेल्स का एकमात्र, या कहें कि बिक्री का मुख्य माध्यम था। फिर धीरे-धीरे जैसे सामाजिक, आर्थिक व्यवस्थाओं ने करवटें बदलीं तो विक्रय का स्वरूप भी बदलता गया है और आज यह मार्किटिंग के एक सशक्त कॉन्सेप्ट के रूप में उभरकर सामने आया है।

मार्केटिंग के कॉन्सेप्ट को इस तथ्य से आसानी से समझा जा सकता है : जिसके पास बेचने के लिए कोई चीज़ है और वह एक कुएं में जाकर फुसफुसाता है तो उसे धन नहीं मिलेगा, लेकिन जो विक्रयकर्ता पेड़ पर चढ़कर चिल्लाता है, उसे धन अवश्य मिलता है।

हालांकि इससे सिर्फ़ एक झलक ही मिलती है, क्योंकि आज मार्किटिंग में सेल्स, सर्विस, विज्ञापन, प्रबन्धन आदि अनेक पहलू शामिल हैं। और कम्यूनिकेशन इसका

आधार है, चूंकि एक ही चीज़ को बार-बार अलग-अलग ग्राहक को बेचा जाता है।

आज स्थिति यह है कि हर छोटी-से-छोटी वस्तु या सेवा के लिए मार्किटिंग की ज़रूरत पड़ती है। और जितनी प्रभावशाली मार्किटिंग की जाती है, उतनी ही बिक्री ज़्यादा होती है। और जितनी बिक्री ज़्यादा होती है, उतना ही लाभ होता है। इन दोनों से प्रसिद्धि मिलती है, ख्याति बढ़ती है जो निश्चित ही धन से ज़्यादा क़ीमती है और जिसका सपना हर इनसान देखता है।

निश्चित ही मार्किटिंग में महारत हासिल करने के लिए व्यक्ति में अनेक ख़ूबियां होनी चाहिए। जिनमें मुख्य हैं : प्रेजेन्टेशन, फिर चाहे वह ख़ुद की हो, वस्तु की हो या सेवा की।

आपके प्रेजेन्टेशन से ही ग्राहक्त या बॉस आपकी योग्यताओं का आकलन करता है। इसके अलावा दूरदर्शिता, आत्मविश्वास, उत्सुकता, रचनात्मकता, ज़िम्मेदारी की भावना, आशावाद, कमिटमेंट, कॉमन सेन्स, विकसित नज़रिया, कल्पनाशक्ति आदि ख़ूबियां भी मार्किटिंग-क्षेत्र के व्यक्तियों में होनी चाहिए।

तुम्हारा मतलब है कि 21 साल से कम उम्र के विशेष ग्राहक ढूंढ़ने में तुम्हें तीन महीने लग गए।

☆ मार्किटिंग से केवल अच्छे उत्पादों की बिक्री ही नहीं होगी, बल्कि ख़राब उत्पादों का सफाया भी तेज़ी से होगा।

☆ सिर्फ़ विशिष्टताओं की ही बात न करें, फ़ायदों के बारे में बताएं।

☆ जो हो न सके, उसकी उम्मीद कीजिए।

☆ जब बदलाव की हवा बह रही हो, तो आपको उसकी दिशा और उसकी तेज़ी जानने की ज़रूरत है।

☆ निराशावादी हवा की शिकायत करते हैं, आशावादी उसके बदलने की आशा रखते हैं, यथार्थवादी उसके अनुसार पाल व्यवस्थित कर लेते हैं।

☆ किसी भी चीज़ को बड़ा करके देखें, लेकिन करते वक़्त आसान समझें।

☆ हम हमेशा उत्पाद ही नहीं ख़रीदते, कभी-कभी छवियों को भी ख़रीदते हैं।

☆ लोग सामान नहीं ख़रीदते, वे उन फ़ायदों को ख़रीदते हैं जो उन सामानों से उन्हें मिलनेवाले हैं।

रचनात्मक अभिव्यक्ति
ही कला है।

–अनाम

☆ आपकी छवि को कोई नहीं छीन सकता, बाक़ी सबकुछ छीना जा सकता है।

व्यापार में ईमानदारी

पुराने ज़माने की बात है। उन दिनों दासों की मंडियां लगा करती थीं। एक ख़रीदार ने एक दास को सम्बोधित करते हुए पूछा, "अगर मैं तुम्हें ख़रीद लूं तो क्या तुम ईमानदारी से काम करोगे?"

दास ने कहा, "आप मुझे ख़रीदें या न ख़रीदें, ईमानदार तो मैं रहूंगा ही!"

☆ बदलती परिस्थितियों में एक स्मारकीय विचार, समाधि-शिला बन सकता है।

☆ मार्किट-शेयर की अपेक्षा मुनाफ़ों को वापिस ले लेना अक्सर आसान होता है।

☆ 1001 उपदेश इकट्ठे कीजिए, जिससे आपका बातचीत करने का ढंग सुधरेगा।

☆ बेचना एक बार होता है। मार्किटिंग तब होती है जब बार-बार बेचा जाए।

बिजनेस साइकिल चलाने जैसा है या तो आप चलाते रहिए या फ़िर आप गिर जाएंगे।

खेल का नाम है आगे बढ़ना। या तो आप बढ़ेंगे या फिर आप बिजनेस से बाहर हो जाएंगे। एक नया बिजनेस तैयार हो रहा है, चाहे बाज़ार कितना ही मन्दा क्यों न हो। ज़रूरत इस बात की है कि हम सम्भावनाओं को ढूंढ निकालें और सबसे पहले ढूंढ निकालें। अपने समय पर, अपने दिमाग़ पर, अपने साधनों पर और अपनी सफलताओं पर ध्यान दें। अपने विजेताओं का ढेर लगा लीजिए और हारे हुओं को त्याग दीजिए।

☆ हममें से कई लोग व्यापारी की तरक़ीबें सीखकर सोचते हैं कि हम व्यापार के बारे में जानते हैं।

☆ कोई भी इतना शक्तिशाली नहीं है कि अपने आपको नुकसान पहुंचाए बिना दूसरों को नुकसान पहुंचा सके।

☆ कोई भी उत्पाद चाहे वो कितना ही अच्छा क्यों न हो, अपने आप ही नहीं बिक सकता। इसीलिए मार्किटिंग की ज़रूरत पड़ती है।

आंकड़ों को एक शराबी के लैम्पपोस्ट की तरह इस्तेमाल कीजिए

एक बार किसी ने कहा था कि "झूठ तीन तरह के होते हैं–पहला झूठ, दूसरा घातक झूठ और तीसरा आंकड़े।" जब भी हम बिजनेस के लिए आकड़े इकट्ठा करें तो ये शब्द हमेशा दिमाग़ में रखें। आंकड़ों को इकट्ठा करने में बहुत लागत आती है और बहुत समय भी लगता है, और यदि यह काम ठीक तरीक़े से न किया जाए, तो मतलब है आपका पैसा पानी में बह गया। लेकिन जब आकड़े इकट्ठा करने में थोड़े-से कॉमन-सेन्स से काम लिया जाए तो ये आपके फ़ैसले लेने की क्षमता को बढ़ा देते हैं और उसकी धार को तेज़ कर देते हैं।

कुछ परिस्थितियों में लगभग की अवधारणा को भी अपनाएं। एक समझदारी भरा आकलन विस्तृत जानकारियां इकट्ठी करने के लिए अक्सर एक सस्ता और तेज़ ज़रिया हो सकता है।

आंकड़े एक फ़ैसला लेने के लिए बढ़िया विकल्प नहीं होते। हममें से अधिकतर को आंकड़ों के बारे में वह कहानी याद होगी जिसमें नदी की औसत गहराई नापने के लिए बीच में जाने की बात कही गई है।

☆ धन से ज़्यादा कीमती है अच्छी प्रसिद्धि।

☆ ग्राहकों को ध्यान में रखकर की गई बिक्री ही मार्किटिंग है।

☆ जो लोग ख़ुद को छोटी चीज़ों में लगाए रखते हैं, वे अक्सर महान चीज़ों में अक्षम हो जाते हैं।

☆ यह दुनिया प्रतियोगिता की दुनिया है। अगर आप दूसरों से आगे नहीं निकलेंगे, तो दूसरे आपसे आगे निकल जाएंगे।

☆ सफलता एक कम्पनी को महान नहीं बनाती, बल्कि जो वास्तव में असर डालती है वह है, हर एक की ज़िन्दगी बेहतर बनाने में उसका योगदान।

☆ पोस्टकार्ड के महत्त्व को मत भूलिए। मूल सन्देश पाने के लिए आपको इसी की ज़रूरत पड़ती है।

☆ बिजनेस की सेहत सबसे अच्छी तब रहती है, जब मुर्ग़ी (चिकन) की तरह, अपने मक़सद को पाने के लिए उसकी एक परत को खुरचना पड़ता है।

☆ एकाग्रता लाभदायक परिणामों की कुंजी है–प्रभावशीलता के किसी और सिद्धान्त का लगातार इतना अनादर नहीं हो रहा, जितना कि एकाग्रता के मूल सिद्धान्त का...ऐसा लगता है जैसे कि हमारा उद्देश्य हो : “हम सारे काम थोड़े-थोड़े कर लें।”

☆ अपने ग्राहकों के लिए हर रोज़ एक अच्छा काम सोचिए और कीजिए। जब आप सोच रहे हों और कर रहे हों तब आपके पास चिन्ता करने के लिए समय ही नहीं बचता है। एक अच्छे काम से आपके ग्राहक के चेहरे पर प्रसन्नता की लहर दौड़ जाती है।

हाथ–की–हाथ आराम पाने के लिए किए गए ऊटपटांग इलाज नुक़सान ही पहुंचाएंगे।

☆ जब आप ग़लत सड़क पर हैं तब फिर दौड़ने का क्या औचित्य है?

☆ मार्किटिंग सचमुच बातचीत का ही एक तरीक़ा है।

☆ छोटे-छोटे ख़र्चों से सावधान रहें, एक छोटा-सा छेद एक बड़े जहाज़ को डूबो सकता है।

☆ टायर के जीवन में 90 प्रतिशत पंचर आख़िर के 10 प्रतिशत जीवन में होते हैं।

☆ असली घोड़ा अपनी काठी से उसी तरह बेइज़्ज़त नहीं होता जैसे कुलीन दायित्व सौंपे जाने पर।

☆ दोस्तों, सहयोगियों और पुस्तकों से सम्पर्क बनाए रखें।

धैर्यवान व्यक्ति ही सफल

कदर्थितस्यापि हि धैर्यवृत्तेने शक्यते धैर्यगुणः प्रमार्ष्टुम्।
अधोमुखस्यापि कृतस्य बह्निनाऽर्धः शिखा याति कदाचिदेव॥

जो व्यक्ति स्वभाव से धैर्यवान है वह महान विपत्ति के समय भी अधीर नहीं होता। प्रज्वलित अग्नि की ज्वाला ऊपर ही उठती है, चाहे काष्ठ के उस भाग को नीचे की ओर मोड़ दिया जाए, जिसके अग्र-भाग में आग जल रही है। किसी भी अवस्था में अधीर न होना सफल जीवन का अत्यन्त महत्त्वपूर्ण गुण है। प्रत्येक अवस्था में शान्त रहकर धैर्यपूर्वक अनुकूल समय की प्रतीक्षा करने का स्वभाव मनुष्य में बड़ी साधना से आता है। बच्चे प्रायः अधीर होते हैं। जिस वस्तु को पाने की इच्छा उनके मन में समा जाती है उसे तुरन्त पाने के लिए वे व्याकुल हो उठते हैं और जब तक उसे प्राप्त नहीं कर लेते तब तक चैन नहीं लेते।

जो माता-पिता अपने चंचल बच्चे की सब इच्छाएं पूरी करने में ही अपनी सार्थकता मानते हैं, वे बच्चे का भविष्य बिगाड़ते हैं। ऐसे अनुचित लाड़-प्यार में पले बच्चे कभी धैर्यवान नहीं होते।

जीवन-संघर्ष में वही सफल होते हैं, जिन्हें माता-पिता ने शान्त रहने और धैर्य रखने की शिक्षा दी हो। प्रारम्भ से ही उनके मन में संयमित रहने का स्वभाव बन जाता है। कार्य-क्षेत्र में उतरने पर ये व्यक्ति प्रत्येक कार्य को पूरी योजना बनाकर प्रारम्भ करते हैं एवं प्रारम्भ किए कार्य का इच्छित फल पाने की धैर्यपूर्वक प्रतीक्षा करते हैं।

अधीर व्यक्ति बिना योजना बनाए कार्य शुरू कर देता है और शीघ्र ही मनोरथ पूर्ण न होने पर बीच में ही निराश हो जाता है। प्रत्येक बीज को अंकुरित होने तथा अंकुर को वृक्ष बनकर फल देने में विलम्ब अनिवार्य होता है। इस विलम्ब को सहन करना एवं धैर्यपूर्वक फल की प्रतीक्षा करने का गुण मनुष्य-स्वभाव में अचानक नहीं आ जाता। माता-पिता या शिक्षक को बड़े यत्न से सन्तान को धैर्य रखने की शिक्षा देनी चाहिए। धैर्यवान व्यक्ति ही नीतिवान होता है | विजयश्री उसका ही वरण करती है। विपत्ति के समय चट्टान की तरह स्थिर होकर वही अपने विरोधियों के प्रहार को असफल बना देता है और अनुकूल परिस्थितियों के मिलते ही पूरे आत्मविश्वास के साथ उन्नति के शिखर पर चढ़ता है।

☆ समझौता करना सीखिए। ध्यान से सुनना सीखिए।

☆ लोगों से, कर्मचारियों से ओर ग्राहकों से आंख मिलाकर बात करें। इसे अपनी आदत बनाइए। इससे आपका आत्मविश्वास बढ़ेगा।

☆ कूड़ा-करकट पर नुक़सान उठाने से अच्छा है, धूल पर फ़ायदा उठाना।

☆ अगर आप बेचैन हैं, तो सो जाइए।

ख़ुशी एक सुनिश्चित नक़दी है।

☆ जब तक मुझे सफलता नहीं मिल जाती, मैं दृढ़तापूर्व डटा रहूंगा।

☆ ज़्यादातर उक्तियां एक ही दिन में अपने आप ख़त्म हो जाती हैं। आप यह सुनिश्चित कीजिए की आपकी उक्ति इतनी अच्छी हो कि यह कई सालों तक बनी रहे।

☆ उन सभी कलाओं में, जिनमें बुद्धि की भूमिका अहम होती है, प्रकृति की सबसे पहली रचना है अच्छा लिखना।

☆ संस्थाएं ब-हु-त धीरे सीखती हैं और बहुत धीरे ही ग्रहण करती हैं।

☆ लोग हर समारोह में लीडर को ढूंढ़ते हैं। लीडर का गुण होता है उसका नज़रिया। अपना एक नज़रिया रखने में कभी डरना नहीं चाहिए। इसका महत्त्व 60 प्रतिशत बुद्धिमत्ता की उपलब्धि है।

☆ एक बार जब आपने अपना विचार बना लिया है, तब साफ़ शब्दों में उन्हें रखिए। कई बार, जब आप तैयार दिमाग़ से बोलते हैं, तब आपका नाम उससे सम्बद्ध नहीं रहता।

☆ कोई भी बीज दिन दुगुनी रात चौगुनी गति से पेड़ नहीं बन जाता।

☆ जिसके पास सबसे ज़्यादा सूचनाएं थीं, वो उनमें से था जो कि सबसे ज़्यादा सूचनाएं बदले में चाहता था।

☆ बातचीत करने में सफलता का राज़ है–ग़ुस्सा किए बिना ही असहमत होने में सक्षम होना।

☆ ज़्यादा बेचने का सबसे अच्छा तरीका है – काम ज़्यादा करना ओर समय कम बर्बाद करना।

> चरित्र ऐसा हीरा है
> जो अन्य सभी
> पाषाण-खंडों को
> काट देता है।
>
> **–बारटल**

☆ नेपोलियन भी अपनी एक तिहाई लड़ाइयां हार गया था।

☆ निश्चित चीज़ों को निश्चित तरीक़े से हर रोज करना ही अच्छी तरह बेचना है।

> **जो लोग चीते की पीठ पर सवारी करके मूर्खता भरी अपनी हिम्मत का प्रदर्शन करते हैं, वे अन्दर ही अन्दर ख़त्म हो जाते हैं।**
>
> **–जोन. एफ़. केनेडी**

☆ छत की मरम्मत करने का सबसे उचित समय तब है जब सूरज चमक रहा हो।

☆ अस्थिरता विज्ञापन का सबसे बुरा शत्रु है।

☆ अगर आप पहली बार में सफल नहीं होते तो आप औसत दर्जे के हैं।

☆ जब आप कुछ कह रहे हैं, तब यह सुनिश्चित कीजिए कि आप कह चुके हैं।

☆ जिस प्रश्न का उत्तर स्पष्ट हे, वह प्रश्न कठिन हो ही नहीं सकता।

☆ जो भी आप कहना चाहते हैं या लिखना चाहते हैं, उसे सजाइए, संवारिए।

☆ कोई भी मूर्ख एक बुरा विज्ञापन लिख सकता है, लेकिन उसे अच्छा बनाने के लिए एक समझदार के हाथों की कारीगरी की ज़रूरत होती है।

बॉस की गति ही टीम की गति होती है

राल्फ वाल्डो एमरसन ने ठीक ही कहा है : "एक संस्था एक आदमी की ही लम्बी परछाईं है।" इतिहास गवाह है कि जब भी एक नेता ने साधारण सफलता से ज़्यादा अर्जित किया है, तब उसने सबसे पहले अपनी टीम को इकट्ठा किया है। बेशक़, आपको उन्हें प्रेरित करना होगा, उनके लिए रास्ता निश्चित करना होगा, उन्हें तेज़ी देनी होगी, उन्हें फ़ायदेमन्द दिशा की ओर आगे ले जाना होगा।

☆ ख़राब विज्ञापन किसी उत्पाद की बिक्री बन्द करा सकता है।

☆ ख़राब गुणवत्ता, झूठे विज्ञापन और उबाऊपन को ग्राहक कभी माफ़ नहीं करते।

☆ उम्मीद मत कीजिए कि आपकी एजेन्सी उन छेदों को भरेगी जो उन्होंने आपके प्रतिनिधि के रूप में खोदे हें।

☆ यह दुनिया बहुत ही ख़ूबसूरत बन जाएगी, अगर हममें से हर कोई उतना ही प्रसन्न हो जाए, जितना कि वह आदमी जो आपको सामान बेच रहा है।

☆ मैंने सामान तीन बार बेचा। इसलिए नहीं कि ग्राहक ख़रीदने के प्रति गम्भीर थे, बल्कि इसलिए कि मैं बेचने के प्रति गम्भीर था।

☆ बेचना एक कला है, और उत्सुकता, नयापन और नए आइडिया इसके अनिवार्य अंग हैं।

☆ एक सन्तुष्ट ग्राहक किसी भी उत्पाद के लिए बेहतरीन विज्ञापन है।

☆ डरे हुए लोग अच्छा विज्ञापन बनाने की क़ाबिलियत नहीं रखते।

☆ विज्ञापन पर आप जितना भी पैसा लगाते हैं, उसमें से आधे का दुरुपयोग किया जाता है। परेशानी इस बात की है कि आप जानते ही नहीं कि कौन–सा आधा बर्बाद हो रहा है।

☆ विज्ञापनबाज़ी के बिना बिज़नेस करना ठीक वैसा ही हे, जैसे कि अंधेरे में एक लड़की को आंख से इशारा करना। आप तो जानते हैं कि आप क्या कर रहे हैं, लेकिन और नहीं जानता।

☆ बिज़नेस में सबसे ज़्यादा ध्यान इस बात पर केन्द्रित रहता है कि किसी दूसरे से पहले ग्राहक के रुपये कैसे प्राप्त किए जाएं।

☆ एक नया बिजनेस इन्तज़ार कर रहा है! इसमें इससे कोई फ़र्क़ नहीं पड़ता कि वह बाज़ार कितना सुस्त है। हमें सिर्फ़ इतना करने की ज़रूरत है कि उसे पहले जाकर ढूंढ़ लें। विक्रेता जो दूसरे नम्बर पर आएंगे उनके लिए कोई भी इनाम नहीं है।

☆ जिसके पास बेचने के लिए कोई चीज़ है और वह एक कुएं में जाकर फुसफुसाता है तो उसे धन नहीं मिलेगा, लेकिन जो पेड़ पर चढ़कर चिल्लाता है, उसे धन अवश्य मिलेगा।

☆ बेचने में शतरंज की तरह ही दूरदर्शिता जीतती है।

दूरदर्शी बनो

एक तालाब में तीन मछलियां थीं, अनागतविधाता, प्रत्युत्पयन्नमति और यद्भविष्य। एक दिन मछियारों ने उन्हें देख लिया और सोचा, इस तालाब में ख़ूब मछलियां हैं। आज तक कभी इसमें जाल भी नहीं डाला है, इसलिए यहां ख़ूब मछलियां हाथ लगेंगी।

उस दिन शाम अधिक हो गई थी, खाने के लिए मछलियां भी पर्याप्त मिल चुकी थीं, अतः अगले दिन सुबह ही वहां आने का निश्चय करके वे चले गए।

अनागतविधाता नाम की मछली ने उनकी बात सुनकर सब मछलियों को बुलाया और कहा–आपने उन मछियारों की बात सुन ही ली है। अब रातों-रात ही हमें यह तालाब छोड़कर दूसरे तालाब में चले जाना चाहिए। एक क्षण की भी देर करना उचित नहीं।

प्रत्युत्पन्नमति ने भी उसकी बात का समर्थन किया। उसने कहा–परदेश में जाने का डर प्रायः सबको नपुंसक बना देता है। 'अपने ही कुएं का जल पिएंगे', यह कहकर जो लोग जन्म-भर खारा पानी पीते हैं, वे कायर होते हैं। स्वदेश का यह राग वही गाते हैं, जिनकी कोई और गति नहीं होती।

उन दोनों की बातें सुनकर यद्भविष्य नाम की मछली हंस पड़ी, उसने कहा–किसी राह–जाते आदमी के वचन–मात्र से डरकर हम अपने पूर्वजों के देश को नहीं छोड़ सकते। दैव अनुकूल होगा, तो हम यहां भी सुरक्षित रहेंगे, प्रतिकूल होगा, तो अन्यत्र जाकर भी किसी के जाल में फंस जाएंगे। मैं तो नहीं जाती, तुम्हें जाना हो तो जाओ।

उसका आग्रह देखकर अनागतविधाता और प्रत्युत्पन्नमति, दोनों सपरिवार पास के तालाब में चली गईं। यद्भविष्य अपने उसी तालाब में रही। अगले दिन सुबह मछियारों ने उस तालाब में जाल फैलाकर सब मछलियों को पकड़ लिया।

☆ एक अभियान सिर्फ़ इसलिए कभी नहीं छोड़ें कि आप उससे थक गए हैं। ग्राहक आपके विज्ञापनों को वैसे नहीं देखते, जैसा अक्सर आप देखते हैं।

☆ जानकारी ही शक्ति है।

☆ दूसरों को विश्वास दिलाने से पहले अपने आपको विश्वास दिलाना होगा।

क़लम तलवार से ज़्यादा ख़तरनाक होती है।

☆ कम्प्यूटर सिर्फ़ आपका आज्ञाकारी और वफ़ादार है।

☆ अच्छी बातचीत से बेकार के कामों से पिंड छूट जाता है।

☆ लाभ को अपने ध्यान में जितनी देरी से ले सके, लें; ख़र्चों को अपने ध्यान में जितनी जल्दी हो सके, लें।

☆ जब आप शीर्षक लिख चुके हों, तब आप रुपये में से अस्सी पैसे ख़र्च कर चुके होते हैं।

☆ मूल्य में कटौती कोई भी कर सकता है, लेकिन एक बेहतर चीज़ बनाने में दिमाग़ लगता है।

☆ मूर्ख कहते हैं–"मैंने अपना अतीत और वर्तमान बर्बाद कर दिया है।" बुद्धिमान कहते हैं–"लेकिन भविष्य अभी भी सुरक्षित है।"

☆ अपना समय, अपना दिमाग़ और विज्ञापनबाज़ी का धन अपनी सफलताओं पर केन्द्रित करें। विजेताओं का अम्बार लगा लें और हारे हुओं को छोड़ दें।

☆ अगर आप कर्म के कारण पिछड़े हैं, तो सिर्फ़ शब्द आपको आगे नहीं ले जा सकते।

☆ नदी का अनुसरण करें, आप समुद्र तक पहुंच जाएंगे।

साहस के साथ डर का मुक़ाबला कीजिए और फलस्वरूप आप उसके मास्टर बन जाइए। कायरता से डर का मुक़ाबला कीजिए और फलस्वरूप उसे अपना मास्टर बना लीजिए।

–मार्टिन लूथर किंग

☆ सुन्दर कारें बिक जाती हैं। बदसूरत नहीं बिकतीं। यह एक स्वाभाविक क्रिया है।

☆ अगर आप स्टेशन देर से पहुंचें, तो आप रेलवे से शिकायत नहीं कर सकते कि ट्रेन आपको लिए बिना ही चली गई।

☆ प्रतियोगिता के बिना नई चीज़ों की प्रेरणा कम ही मिलती है।

☆ नया सिस्टम नई परेशानियों को जन्म देता है।

☆ जागरूकता ख़ज़ाने की चाबी हे।

सजगता का उपहार

एक नगर में देवशक्ति नाम का राजा रहता था। उसके पुत्र के पेट में एक सांप चला गया था। उस सांप ने वहीं अपना बिल बना लिया था। पेट में बैठे सांप के कारण उसके शरीर का प्रतिदिन क्षय होता जा रहा था। बहुत उपचार करने के बाद भी जब स्वास्थ्य में कोई सुधार न हुआ तो अत्यन्त निराश हो राजपुत्र अपने राज्य से बहुत दूर दूसरे प्रदेश में चला गया और वहां सामान्य भिखारी की तरह मन्दिर में रहने लगा।

उस प्रदेश के राजा बलि के दौ नौजवान लड़कियां थीं। बे दोनों प्रतिदिन सुबह अपने पिता से प्रणाम करने आती थीं। उनमें से एक राजा को नमस्कार करती हुई कहती थी–महाराज। जय हो। आपकी कृपा से ही संसार में सब सुख हैं। दूसरी कहती थी–महाराज! ईश्वर आपके कर्मों का फल दे। दूसरी के वचन को सुनकर महाराज क्रोधित हो जाता था। एक दिन इसी क्रोधावेश में उसने मन्त्री को बुलाकर आज्ञा दी–मन्त्री! इस कटू बोलनेवाली लड़की को किसी ग़रीब परदेसी के हाथों में दे दो जिससे यह अपने कर्मों का-फल स्वयं चखे।

मन्त्रियों ने राजाज्ञा से उस लड़की का विवाह मंदिर में सामान्य भिखारी की

> विश्वास ही जीवन
> की प्रेरक शक्ति
> है।
>
> –टॉलस्टॉय

तरह ठहरे परदेसी राजपुत्र के साथ कर दिया। राजकुमारी ने उसे ही अपना पति मानकर सेवा की। दोनों ने उस देश को छोड़ दिया।

थोड़ी दूर जाने पर वे एक तालाब के किनारे ठहरे। वहां राजपुत्र को छोड़कर उसकी पत्नी पास के गांव में घी-तेल-अन्न आदि सौदा लेने गई। सौदा लेकर जब वह वापस आ रही थी, तब उसने देखा उसका पति तालाब से कुछ दूरी पर एक सांप के बिल के पास सो रहा है। उसके मुख से एक फनियल सांप बाहर निकलकर हवा खा रहा था। एक दूसरा सांप भी अपने बिल से निकलकर फन फैलाए वहीं बैठा था। दोनों में बातचीत हो रही थी।

बिलवाला सांप पेटवाले सांप से कह रहा था–दुष्ट! तू इतने सर्वांग सुन्दर राजकुमार का जीवन क्यों नष्ट कर रहा है?

पेटवाला सांप बोला–तू भी तो इस बिल में पड़े स्वर्णकलश को दूषित कर रहा है।

बिलवाला सांप बोला–तो क्या तू समझता है कि तुझे पेट से निकालने की दवा किसी को मालूम नहीं? कोई भी व्यक्ति राजकुमार को उबाली हुई राई की कांजी पिलाकर तुझे मार सकता है।

पेटवाला सांप बोला–तुझे भी तेरे बिल में गरम तेल डालकर कोई भी मार सकता है।

इस तरह दोनों ने एक-दूसरे का भेद खोल दिया। राजकन्या ने दोनों की बातें सुन ली थी। उसने उनकी बताई विधियों से ही दोनों का नाश कर दिया। उसका पति भी निरोग हो गया। और बिल में से स्वर्ण-भरा कलश पाकर उनकी ग़रीबी दूर हो गई। तब, दोनों अपने देश को चल दिए। राजपुत्र के माता-पिता ने उनका स्वागत किया।

चरित्रवान बनो

या साधुंश्च खलान्करोति विदुषो मूर्खान्हितान्द्वेषिणः,
प्रत्यक्ष कुरुते परोक्षममृतं हालाहलं तत्क्षणात्।
तामाराधय सत्तक्रियां भगवती भोक्तुं फलं वाञ्छित,
हे साधो! व्यसनैर्गुणेषु विपुलेष्वास्थां वृथा मा कृथाः ॥

श्रेष्ठ कर्म ही मनुष्य को सफल बनाते हैं। कर्मों से ही दुर्जन सज्जन बनता है। केवल विचारों से ही मनुष्य का चरित्र अच्छा नहीं हो जाता। विचारों के अनुरूप कर्म भी होने चाहिए। सत्कर्मों से अशिक्षित व्यक्ति भी विद्वान के समान विवेकपूर्ण कार्य करता है।

किताबी ज्ञान होनेमात्र से कोई विवेकशील नहीं बन सकता। विद्वता के साथ सच्चा व्यवहार भी आवश्यक है। अन्यथा विद्वता का प्रभाव विपरीत भी हो जाता है। दुश्चरित्र व्यक्ति का ऊंचा ज्ञान समाज के लिए विनाशकारी ही हो सकता है।

शुभ कर्म ही शत्रु को मित्र बना देते हैं। प्रायः स्वार्थवश ही मनुष्य के हृदय में द्वेष की भावना जागती है। स्वार्थ न रहे तो हर आदमी दूसरे आदमी का मित्र रह सकता है। जब मनुष्य अपनी अपेक्षा दूसरे का कल्याण करने का संकल्प करेगा तो दूसरे के हृदय में भी मित्रता और स्नेह का भाव जागेगा ही। इतना नीच शायद कोई नहीं होता कि वह उपकार करनेवाले का अपकार करे। जो व्यक्ति यह चाहता है कि दूसरे लोग उसके साथ भलाई करें, उसका यह कर्तव्य हो जाता है कि वह पहले दूसरों के साथ भलाई करे। दूसरे की भलाई करना सबसे बड़ा सत्कर्म है।

निर्मल चरित्रवाला व्यक्ति अपने स्नेह से संसार को वश में कर लेता है। वह अजात शत्रु हो जाता है। यह मार्ग इतना सरल और सीधा है कि कोई भी व्यक्ति इस पर निष्कंटक चल सकता है। सद्गुणों की संख्या इतनी विशाल है और उसको पाने की तपस्या इतनी विकट है कि मनुष्य बहुत प्रयत्न करने पर भी दो-चार गुणों का ही धनी बन सकता है।

☆ धन के बेहतर प्रबन्धन का मतलब है–बेहतर लाभ।

☆ वादे के अनुसार नियत स्थान पर देरी से पहुंचने पर एक बड़ा ऑर्डर गंवाना पड़ सकता है।

☆ 100 ट्रैक्टर की डीलरशिप घाटे का प्रस्ताव हो सकता है, जबकि 10 ट्रैक्टर की डीलरशिप एक बड़ी सफलता हो सकती है।

☆ उत्कृष्ट कोटि की प्रबन्धन-व्यवस्था अपने समय में से 40-50 प्रतिशत समय अपने लोगों को शिक्षित करने और प्रेरित करने में लगाती है।

☆ ज़्यादातर लोग जीवन में सफल नहीं होते क्योंकि वे जानते ही नहीं हैं कि वे क्या पाना चाहते हैं।

☆ जब बिजनेस अच्छा चल रहा हो, तब भी विज्ञापन की ज़रूरत होती है और जब बिजनेस की हालत खस्ता हो, तब भी आपको विज्ञापन की ज़रूरत होती है।

कौए ने पानी का स्तर ऊंचा करने के लिए कंकड़ों का इस्तेमाल किया था। अपने आसपास देखिए, सोचिए और अपनी कल्पना–शक्ति से अपनी समस्याएं सुलझाएं।

☆ एक अन्धा आदमी आपको दर्पण के लिए धन्यवाद नहीं कहेगा।

☆ जब दूसरा आदमी बोल रहा हो तब एक समझदारी-भरी चुप्पी सबसे अच्छी होती है, क्योंकि यह दूसरों की बुद्धिमता और नज़रिए के प्रति सम्मान दर्शाती है।

☆ अपनी पसन्द को व्यवस्थित मत कीजिए, बल्कि उस पसन्द को व्यवस्थित कीजिए जो कि उन लोगों की हों, जिनसे आप मिलते हैं।

☆☆☆